青鸟童书
只做对得起时间的书

U0433310

Urashima Taro

浦岛太郎

[日] 太宰治 著

吴一红 译 董晓慧 绘

北京理工大学出版社
BEIJING INSTITUTE OF TECHNOLOGY PRESS

图书在版编目（CIP）数据

浦岛太郎 /（日）太宰治著；吴一红译 . -- 北京：北京理工大学出版社，2022.4（2025.4 重印）

ISBN 978-7-5763-1022-1

Ⅰ．①浦… Ⅱ．①太… ②吴… Ⅲ．①童话—作品集—日本—现代 Ⅳ．①I313.88

中国版本图书馆 CIP 数据核字（2022）第 040420 号

责任编辑： 李慧智　　**文案编辑：** 李慧智

责任校对： 刘亚男　　**责任印制：** 施胜娟

出版发行 / 北京理工大学出版社有限责任公司

社　　址 / 北京市丰台区四合庄路 6 号

邮　　编 / 100070

电　　话 /（010）68944451（大众售后服务热线）

（010）68912824（大众售后服务热线）

网　　址 / http: //www.bitpress.com.cn

版 印 次 / 2025 年 4 月第 1 版第 2 次印刷

印　　刷 / 武汉林瑞升包装科技有限公司

开　　本 / 880 mm × 1230 mm　1/16

印　　张 / 11.5

字　　数 / 115 千字

定　　价 / 59.90 元

目　录
contents

摘肉瘤

很久很久以前，
有一位老爷爷，
他的右边脸颊上，
长了一颗令人十分讨厌的肉瘤……

这位老爷爷住在四国岛阿波国[①]的剑山脚下。

老爷爷非常喜欢喝酒。通常来说，好喝酒的人在家往往会倍感孤独。那么，他们究竟是因为孤独才喝酒，还是因为喝酒才成了“讨人嫌”，慢慢地变孤独了呢？在这个问题上钻牛角尖，恐怕就跟想搞明白双手击掌时，究竟

① 阿波国：日本古代令制国之一，德岛县的旧称，位于日本西南部。

是哪只巴掌在响一样，纯粹是自寻烦恼罢了。

总之，老爷爷在家时，总是一副怏怏（yàngyàng）不乐的样子。老爷爷的妻子虽然已经快七十岁了，但依然双目有神，身体硬朗。听说，她年轻的时候很美丽，就是不怎么爱说话，只知道踏踏实实地操持家务。

“瞧呀，春天来啦，樱花绽放枝头啦！”

即使是在老爷爷兴致正高的时候，老奶奶也只会用一副兴致索然的口气，冷冷地说：“哦，是吗？我要打扫这里了，你让一下。”

老爷爷听完，立刻面露不悦，没了雅兴。

老爷爷还有个儿子，快四十岁了，是世间少有的品行端正之人，不喝酒，不抽烟，也从不将喜悦和愤怒的情绪表现出来，只知道闷不吭声地下田干农活儿。附近的人们对他都十分敬佩。由此，他得了个响亮的名号——阿波圣人。他不娶老婆，也不剃胡子，所以人们总怀疑他是个没有七情六欲的木头人。

总的来说，老爷爷的家庭还是那种令人羡慕的体面家庭呢。

然而，老爷爷的心里却总是不痛快。虽然他对家里人有所顾忌，可要是不喝酒，肚里的酒虫就不肯消停。而在家里喝酒，只会让他不痛快。

事实上，老爷爷喝酒时，老奶奶和阿波圣人并不会对他横加指责。晚上，老爷爷慢悠悠地独酌（zhuó）杯中酒时，他俩只会坐在一旁默不作声地吃晚饭。

“我说呀，”老爷爷酒意一上头，就想找个人倾诉一番，于是，他开始有一搭没一搭地说些无聊的话，“春天终于来了，燕子也飞回来了。”

真是一些废话。

老奶奶和儿子依旧默不作声。

“常言道：‘春天的夜晚，即便是极短的时间也是十分珍贵的。’”他又嘟哝了一句废话。

“我吃好了。”阿波圣人吃完饭，对着桌上的菜肴（yáo）恭恭敬敬地行了个鞠躬礼，而后站起身来。

“我也差不多该吃饭了。”老爷爷将酒杯倒扣在桌子上，脸上写满落寞。每次在家喝酒都是这样。

某天一早好天气，
前往山里砍柴去。

天朗气清好日子，腰间挂只酒葫芦，剑山之上把柴拾，这是老爷爷的一大乐趣。

他拾柴累了，就在岩石上盘腿坐下，然后摆起谱来，先是故意“嗯哼”地干咳一声，而后有些飘飘然地感叹道：“这山上的视野可真不赖啊！”

接着，他便慢悠悠地喝起葫芦里的酒来。瞧他那副乐在其中的模样，简直和在家时判若两人，唯独没变的就是他右边脸颊上的那颗大肉瘤了。

忘忧

那颗肉瘤是二十多年前长出来的。老爷爷迈过五十岁“寿命坎”的那年秋天，右边脸颊先是莫名地发烫、发痒，之后脸颊上就渐渐地凸起了一颗肉瘤。老爷爷平常爱用手摸，没想到摸着摸着那肉瘤竟越长越大。

老爷爷满脸苦笑：“哎哟，这下我得了个乖孙呢！”

儿子听了这话，一本正经地说道：“脸上是断不可能生出孩子来的。”

老奶奶也是板着脸，一笑不笑，只是随口问了一句：“这瘤子不是要命的东西吧？”

除此以外，再没见她为那颗肉瘤露出半分关切之色。反倒是街坊邻居出于同情，都来问长问短：“怎么会长出这样的肉瘤来呢？”“疼不疼啊？”“挺讨厌的吧？”……

可老爷爷听了，只是无奈地笑着摇头。怎么会讨厌呢？老爷爷如今可是把这颗肉瘤当作了自己可爱的亲孙子呢。孤独时，肉瘤便成了他唯一的伙伴，每天早晨起床洗脸时，他都会用清水仔细将它清洗干净。像今天这样，一个人在山里悠闲地喝着小酒时，这颗肉瘤更是成了老爷爷不可或缺的倾诉对象。

老爷爷在岩石上盘腿而坐，一边喝着葫芦里的酒，一边摸着脸上的肉瘤，对着它说着某人的坏话：“什么嘛，根本没什么好怕的。一生谁不醉几回？一本正经也要有个限度。什么阿波圣人，老夫可没看出来，这小子倒真是不得了呢。”

说罢，他又故意大声地假咳了一声。

忽然间，天昏地暗，日月无光。

呼呼呼，狂风怒吼。

哗哗哗，暴雨倾盆。

春天，午后下雷阵雨是很罕见的。不过，在剑山那么高的山里，这种突然变天的情况是常有的事。

因为下雨，山里弥漫起乳白色的雾气。为了避雨，四处的野鸡、山鸟扑棱着翅膀，飞箭似的窜进了树林里。而老爷爷却不慌不忙，笑嘻嘻地嘟哝道：“这颗肉瘤被雨淋一下还挺凉快，这感觉不赖嘛。”

他依然在岩石上盘腿坐着，眺望着雨中的景色，然而雨越下越大，丝毫不见要停的迹象。

“哎呀，这下有点凉快过头了，好冷啊！”说着，他站起身来，打了一个很大的喷嚏，然后背上拾好的柴火，东躲西藏地摸进了树林里。

林子里，避雨的鸟兽混杂在一起，场面混乱不堪。

“啊，对不住！借过一下，对不住哈。”老爷爷满面春风地向猴子、兔子和山鸽子一一打过招呼，然后往树林深处钻，最后钻进了一棵大山樱树根部的树洞里。

“哎呀，这个地方好啊！怎么样，大家伙儿也过来吧？”他朝兔子们

喊道。

“这儿没有摆架子的老奶奶和圣人，别客气，请进吧！”他像是打了鸡血似的，亢奋地嚷道。可一转脸，他就“呼噜噜——呼噜噜——”地打着呼噜，睡着了。

虽然好酒之徒喝醉了会胡言乱语，但基本上都是这样一些无伤大雅的话。

等呀等，等那骤雨停。

老爷爷，似累得不轻。

不知不觉，已熟睡不醒。

万里无云，山里天放晴。

月光皎洁，夜晚悄来临。

那月亮，是一弯春日里的下弦月。淡青色的夜空如一汪清水，银钩弯弯漂浮其间。月影婆娑（suō），月光如同松针一般，洒遍树林的每个角落。而老爷爷还在呼呼大睡。蝙蝠一阵鼓翅，啪嗒啪嗒地从树洞里飞了出来。老爷爷这才忽地睁开眼睛，发现已经入夜，他连连惊呼：“这下糟了！”

老奶奶那张不苟言笑的脸和圣人那张凛（lǐn）若冰霜的脸立马浮现在他眼前。

哎呀，这下可糟了！虽然那俩人从未斥责过他，但是这么晚回家，总觉得情况不太妙。唉，酒是不是也喝光了啊？他晃了晃葫芦，耳边隐约传来酒液拍打壶底咕咚作响的声音。

“还有嘛。”

老爷爷一下子来劲了，将葫芦里的酒一股脑儿地喝了个精光，然后顶着微醺（xūn）的醉意，一边嘀咕着“哎呀，月亮出来咯，春光宝贵”这种无聊的废话，一边从树洞里爬了出来。

哎呀，怎么回事儿，吵吵闹闹的。

真不可思议，我是在做梦吗？

放眼望去，在森林深处颇为广阔的一片草地上，有十几个奇形怪状的家伙，或者应该说是“十多只”……总之，一群穿着正儿八经的虎皮兜裆布的红色巨型生物，正团团围坐着，在月光下举办酒宴呢。

老爷爷乍一瞧，吓得一个哆嗦。不过，好酒之徒嘛，虽然没喝酒的时候窝窝囊囊、不中用，可一旦喝了酒，就会显示出远超常人的胆量。

正处于微醺状态的老爷爷，俨然成了一名无所畏惧的勇士，无论是不苟言笑的老奶奶，还是品行端正的圣人儿子，此刻都不足以令他畏惧。面对眼前这番非同寻常的景象，他没有被吓得浑身瘫软，丑态尽出，而是保持着从树洞里爬出来时四肢着地的姿势，仔细观察着前方这个匪夷所思的酒宴。

“嘿，那些家伙喝醉了，看起来很享受的样子呢。”

忘忧

他嘴里嘟哝着，不知怎的，心底涌起了一股莫名的喜悦。好酒之徒呀，看到别人喝醉，自己似乎也能感受到同样的快乐呢。直觉告诉他，眼前这种既不是人也不是动物的红色巨型生物，是属于鬼怪之类的可怕种族。一块虎皮兜裆布遮得了羞，却掩盖不了这个事实。那些鬼怪酒酣（hān）耳热的，正在兴头上，老爷爷也醉眼蒙眬的。这让老爷爷不由得心生亲切感。老爷爷依然保持着四肢着地的姿势，观察着这诡异的月下酒宴。

虽说眼前这群生物是鬼怪，但在老爷爷看来，它们并不像是有着邪恶本性的邪恶种族。虽然它们脸红通通的怪吓人，但看起来倒像是那种充满朝气、天真可爱的鬼怪。再看看它们在酒宴上的表现，它们发出毫无意义的怪叫，拍着膝盖哈哈大笑，站起身来乱蹦乱跳，蜷（quán）着身子从圆圈的这头咕噜咕噜地滚到那头。

眼前这种低能的舞蹈让老爷爷看愣了。他暗自讥笑道：“这都跳的什么呀，也忒（tuī）差劲了！我来跳一个给你们开开眼吧。”

爱跳舞，老爷爷。
冲进去，舞起来。
肉瘤子，晃悠悠。
又滑稽，又好笑。

微醺的酒劲儿让老爷爷生出了不少勇气。况且，他对鬼怪们抱有亲切感，所以他面无惧色地跑到了圆圈正中央，跳起了自己最拿手的阿波舞[①]，边跳边扯开嗓子唱起了阿波的民谣。

年轻时梳岛田髻（jì）[②]，上了年纪戴假发。
系起红色束袖带[③]，迷上她呀也难怪。
戴上斗笠（lì）快快来，小妇人也快跳舞来。

鬼怪们看似很高兴，一个个发出叽叽嘎嘎、吱吱咯咯的怪叫，笑得口水和泪水齐飞，在地上直撒泼打滚儿。

老爷爷见状，越发来劲儿了，他扯着嗓子又唱了一段。

穿过大山谷呀，到处是石头。
爬上竹子山呀，遍地是矮竹。

终于，老爷爷驾轻就熟地跳完了整支舞。

鬼怪们，乐开怀。
逢月夜，定要来，

① 阿波舞：一种日式舞蹈。
② 岛田髻：日本江户时期未婚妙龄女性的发型。
③ 束袖带：古代日本人穿和服劳动时，为了活动方便把袖子系起来的带子。

老爷爷，舞来看。
信物有，约定在，
留一件，宝贝来。

鬼怪们窃窃私语地商量着什么。它们瞧见老爷爷脸颊上那颗溜光发亮的肉瘤，一看就是件非同一般的宝贝。要是把那东西扣留下来，老爷爷肯定会再来的。经过一番愚蠢的推测后，它们不由分说，三下五除二地就把老爷爷脸上那颗肉瘤给摘了下来。尽管它们愚笨无知，但毕竟旷日经年[1]地住在深山里，说不定练成了什么仙术吧。瞧，它们不费吹灰之力，就把老爷爷脸上的肉瘤子给摘得干干净净，不留一点痕迹。

老爷爷惊声大叫："哎呀，这可如何是好！那可是我的孙子啊！"

听到这话，鬼怪们雀跃地欢呼起来，个个神色自得。

路上晨露，闪亮亮。
肉瘤被摘，老爷爷，
脸上光光，心慌慌，
走吧，走吧，快还乡。

对于孤独的老爷爷来说，那颗肉瘤是唯一的倾诉对象，所以肉瘤被摘去

① 旷日经年：经过很长时间，久经时日。

お酒

后，他有些怅然若失。但另一方面，脸蛋变轻盈了，一阵晨风拂面而来，这种感觉倒也不赖。这样一来，老爷爷算是既没有损失，也没有收获，好坏两相抵了吧。要说唯一的好处，就是他很久没有如此尽兴地唱歌跳舞了。他一边乐观地面对所发生的事情，一边走在下山的路上。

走到半路，老爷爷碰巧撞见了要去田里干活的儿子——阿波圣人。

“早上好。”阿波圣人摘下包住脸的头巾，毕恭毕敬地向老爷爷道了声早安。

“哎哟！”老爷爷一时慌了神，没说什么。就这样，两人分道扬镳（biāo），一个往左，一个往右。不愧是“圣人”，看到老爷爷的肉瘤一夜之间不翼而飞，内心多少有些惊讶，但他心想，对父母的容貌说三道四是违背圣人之道的，于是便佯装若无其事，默默地走开了。

老爷爷回到家，老奶奶平静地问候了一句：“回来啦。”

对于昨晚老爷爷彻夜未归的事情她绝口不提，只是嘟囔道：“味噌（cēng）汤凉了。”然后，便给老爷爷张罗早饭去了。

“不用，凉了也不打紧，用不着热了。”老爷爷绷紧神经，显得特别小心翼翼，生怕老奶奶为昨晚的事怪罪他。

他坐到饭桌前，老奶奶给他盛了饭，他便吃了起来。他很想把昨晚的离奇经历说给老奶奶听，但这个念头被老奶奶那副不苟言笑的态度扼（è）杀了，话就萦（yíng）绕在嘴边，却什么也说不出来。他只好低下头，怏怏不乐地吃着碗里的饭。

“肉瘤好像消掉了呢。”老奶奶冷不丁地冒出这么一句。

“嗯。”老爷爷已经什么都不想说了。

“是瘤子破掉，出水了吧？”老奶奶满不在乎地问，依然是一本正经的模样。

“嗯。”

“那回头又会积水，再肿起来的吧？”

“也许吧。”

到头来，那颗肉瘤在老爷爷的家里没掀起半点波澜。

话说，老爷爷家附近还住着一位左边脸颊长了肉瘤的老爷爷。这位老爷爷是真的把脸上的肉瘤当作眼中钉、肉中刺，恨得牙痒痒。他每天都要看几眼镜子，叹气道：“就是这颗肉瘤妨碍我出人头地！因为这颗肉瘤，我真是受尽了侮辱和嘲笑啊！”

他曾盘算着蓄起络腮胡，好让肉瘤被胡子掩盖住。怎料事与愿违，那颗肉瘤如茫茫烟海上升起的一轮旭日一般，还是从斑白的胡须中露出头来，十分扎眼。这下反倒成了天下奇观。

这位老爷爷的风度仪表本是不俗的。他身材高大，鼻子高挺，目光锐利，言谈举止显得成熟稳重，处世也周全老到，就连日常的穿着打扮也颇为讲究体面，而且据说肚子里有点“墨水”。此外，丰厚的家底，也是那位好酒的老爷爷所不可企及的。附近的人们都对这位老爷爷另眼相待，并尊称他为“老爷子”或者“先生”。这位老爷爷方方面面都出类拔萃。唯一美中不足的就是左边脸颊上长着一颗可恶的肉瘤。为此，老爷爷终日郁郁寡欢，难以开怀。

这位老爷爷的妻子很年轻，才三十六岁。谈不上有多貌美，肤色白皙，身材微胖，总是爽朗地放声大笑。他们有个十二三岁的女儿，这可是个样貌出众的美少女，就是性格骄纵了些。母女俩意气相投，总是莫名其妙地笑作一团，因此，尽管老爷子总是摆出一副愁云惨雾的苦瓜脸，但他们家依旧给人以欢快明媚的印象。

“妈妈，为什么爸爸的肉瘤那么红呢？跟个章鱼头似的。”骄纵成性的女儿口无遮拦地说出心中所想。

母亲没有责骂她，反而呵呵地笑着说：“是啊。不过看起来倒像是脸上挂着个木鱼。”

“住嘴！”老爷子怒气冲冲地瞪了妻子一眼。

随后，他径直站起身，退到了里面的昏暗房间里，偷偷地瞥（piē）了一眼镜子，垂头丧气地嘟囔道：“这样可不行。”

他甚至想拿把小刀将那颗肉瘤割下来，就算死也在所不惜。正当他陷入绝望之际，附近那位好酒老爷爷的肉瘤凭空消失的传闻传到了他的耳朵里。于是，夜幕降临后，老爷子悄悄地拜访了好酒老爷爷的草屋，从而得知了那

个月下酒宴的离奇故事。

老爷子一听心中大喜。

“好啊好啊，我也一定要让它们把我的肉瘤给摘掉。”老爷子说罢，顿时精神振奋，斗志昂扬。

事也赶巧，这天刚好是个皎洁的月夜。老爷子就像要出征的武士一般，目光炯（jiǒng）炯，嘴角紧紧地向下撇着。他心里暗想：“无论如何，今晚要像模像样地舞一曲，一定要让那些鬼怪心服口服。要是它们不服气，他就用这把铁扇[①]将它们斩尽杀绝。反正就是一群只知道喝酒的蠢鬼嘛，没什么大不了的。”

只见他气势高昂，右手执一把铁扇，大摇大摆地朝着剑山深处进发了。看他这架势，不知道他究竟是要去跳舞给鬼怪看呢，还是要去斩妖除魔呢？

老爷子彬彬有礼地走到酒宴上众鬼围坐的圆圈中间。

“献丑了。”他点头向鬼怪们打了声招呼，随即“啪”的一声展开铁扇，挺立在原地，望向天上的月亮，就像大树般一动不动。

过了一会儿，他踏起了轻快的步子，口中徐徐地吟唱道：“在下乃在阿波鸣门[②]修行一夏[③]的苦僧人。此处乃平氏一族灭门之处，每念及此，我深感悲痛，故每夜来此海边诵经超度。长夜漫漫，又有谁来此稍驻。只闻白浪

---

① 铁扇：日本近代武士在不能用刀的地方，用来护身的一种纯铁折扇。

② 阿波鸣门：坐落于日本四国岛东岸，隶属德岛县，靠近鸣门海峡。

③ 修行一夏：僧徒以四月十六日至七月十五日为静修之期，称为“一夏”。

送夜舟，鸣门舟楫（jí）声，噜噜，噜噜。今夜的湾浦，最是寂寥。昨日已逝，今夜将明，明日又当来临[①]。”

唱罢，老爷子缓缓收起步子，做岿（kuī）然不动状，抬头凝望起天上的月亮。

鬼怪们，实在是受不了。
纷纷站起身来，往外跑，
快，快，快，往山里逃。

“等一下！”老爷子声嘶力竭地叫喊着，紧追其后，“现在让你们跑了，我可就完蛋了。”

“快逃，快逃！这老头儿说不定是钟馗（kuí）。”

“不，在下不是钟馗！”老爷子穷追不舍，“拜托了！无论如何，请将我脸上的肉瘤给摘去。”

“什么？瘤子？”鬼怪慌忙之中听错了话，会错了意，“什么啊！原来你是想要那肉瘤子。那可是上次那位老爷爷留下的宝贝。不过，既然你这么想要，给你也行。总之，那支舞千万别再跳了。难得美美地醉上一回，托你的福，现在酒全醒了。拜托了，别再追过来了！被你这么一折腾，我们只好

---

① 此处老爷子吟唱的是日本能乐之一的《通盛》，由观阿弥所作，后由世阿弥改编，取材自《平家物语》。

换个地方重新喝酒了。算我求你了，别再跟来了！喂，你们谁把上次那颗肉瘤给了这个怪老头吧，他好像很想要的样子！”

那鬼怪，把上次留下的那颗肉瘤，

粘到了老爷子的右脸上。

哎呀呀，这下子，肉瘤可就成了双。

沉甸甸，摇晃晃，

老爷子实在羞难当，

走在回村的小路上。

浦岛太郎

浦岛太郎这个人物据说在丹后水江一带确实存在过。

丹后这个地方，也就是如今的京都府北部。据说在它的北部某个沿海的荒村里，至今依然保留着供奉浦岛太郎的神社。我虽然没有去过那里，可根据人们的传言，总觉得那儿的海滩及村落让人感到十分荒凉。

我们的浦岛太郎就住在那儿。当然了，他可不是个孤家寡人哦。他家中有父亲、母亲，还有弟弟和妹妹，此外，还有一众仆人。没错，他便是当地颇具声望的世家长子。从古至今，世家长子都有一个特点，那便是趣味独特。说好听一点，叫作“风雅”；说不好听一点，就是“贪玩”。不过，说是“贪玩”，却与那种嗜酒成性吊儿郎当的作风不同。通常来说，那种喝起酒来不顾性命、丑态百出的，往往是世家子弟中的老二、老三，老大可没那股子野性。因为他们有可能要继承祖上积累下来的遗产，所以必然要生出“恒心”[1]，使他们成为彬彬有礼、规矩的正派人士。也就是说，老大的“贪玩”不同于老二、老三撒酒疯似的任意妄为，充其量不过是酒后茶余的散怀消遣（qiǎn）罢了。如果人们认可这种趣味是符合世家长子身份的，是高雅的，并且自己陶醉其中，那他便心满意足，别无所求了。

“大哥没有冒险精神，是成不了气候的，身上一股子畏畏缩缩的小家子气！”十六岁的妹妹如此说道。

他的妹妹是个大大咧咧、疯疯癫癫的野丫头。

“不，才不是那样，”他十八岁的弟弟反驳道，“大哥是个好男人，太好了，都好过头了！”

他的弟弟是个性情粗野的糙汉子，肤色黝黑，相貌丑陋。

遭到弟弟妹妹如此不留情面的言语抨击，浦岛太郎并不恼火，只是微微苦笑道：“让好奇心爆发是一种冒险，抑制好奇心爆发也是一种冒险。不管哪种冒险，都是极具危险性的。人啊，都身负着各自的宿命呢！”

他不着边际地说了一通，俨然一副“我笑他人看不穿”的样子。随后，双手往身后一背，来到海岸闲逛起来。

水面粼粼波不惊，

① 恒心：出自《孟子·滕文公上》，意思是有固定产业收入的人，才有一定的道德观念和行为准则。

渔人逐舟将欲行，

只只散乱似浮萍[1]。

他嘴里一如往常地吟咏着几句韵味清雅的诗词。

“人啊，为什么活着就非得互相攻击不可呢？难道不这样就活不下去吗？”接着，他从容地摇了摇头，琢磨起这个质朴的问题来。

“沙滩上盛放的胡枝子花、海滩上爬来爬去的小螃蟹、歇落在入海口的大雁，它们就不会如此言辞犀利地针对我。人也应当如此。每个人都有各自的生存之道。为什么就不能互相尊重，各自安好呢？我努力不给任何人添麻烦，过着高雅的生活，可人们却还是对我说三道四、指手画脚，真让人烦不胜烦！”说完，他轻叹一声。

“喂，喂，浦岛少爷！”就在这时，浦岛太郎的脚边传来了一阵低沉的声音。

定睛一瞧，原来是只海龟。

那只赤海龟伸长了脖颈，抬头望着浦岛太郎。

“喂！喂！”它呼喊着，并搭腔道，“没什么大不了的。我懂。”

浦岛太郎大吃一惊，认出了它：“怎么是你呀？你不是我前些天随手救的那只海龟吗？怎么还在这儿瞎晃悠呢？”

---

① 浦岛太郎吟诵的诗是《万叶集》中柿本人麻吕的一首和歌。

前阵子，浦岛太郎在海滩上撞见一群孩子在捉弄一只海龟，他对那只海龟心生怜悯，便花了五文钱将它买下，放生到了大海里。此刻，眼前和他说话的，正是那只海龟。

"'怎么还在这儿瞎晃悠呢？'瞧您这话说的，嘴也太坏了，我会记仇的哦，少爷。我是为了报答您，才每日每夜都到这片海滩上苦苦等着您的。"

"你这样做考虑得就有些不周到了，如果你又被那些毛孩子逮住，该怎么办？那样的话，你可就没命活着回去了。"

"要是又被他们逮住，我想少爷还是会买下我的。我做事是有些欠考虑，实在对不起。但无论如何，我都想再见少爷一面，这算是我的一片心意。"

浦岛太郎苦笑着嘀咕道："要是被抓到，那就是你自作自受了。"

海龟一听不乐意了。

"您这说的什么话！"海龟嘀咕着，接着说道，"不过，您也算是个好人。唉，什么也别说了，坐到我的背上来吧。"

浦岛太郎听了顿时一怔。

"你说什么？我可不喜欢这种野蛮粗俗的行为。坐到海龟的背上？这真是太粗俗了，一点也不风雅！"

"想那么多干吗？我只是为了感谢您前些日子的救命之恩，想带您参观一下龙宫罢了。来吧，快坐到我的背上来。”

“什么，龙宫？”浦岛太郎说完，忍不住“扑哧”一声笑了出来，“别开玩笑了。你难不成是喝醉酒了？说什么胡话呢！龙宫这地方，现实世界里根本就不存在，你明白吗？它只是古往今来风雅之士心驰神往、魂牵梦萦的梦想之地。”

由于他这话说得过分高雅，口气不免显得矫揉造作起来。

这次轮到海龟按捺不住，“扑哧”一下乐出声来。

“真受不了您。什么是风雅？稍后我自会慢慢向您讨教。现在，咱们闲话少说，您还是相信我所说的话，先坐到我的背上来吧。您就是因为没尝过冒险的滋味，才会这般畏畏缩缩，不堪大用呢！”

“你说话和我妹妹一样没礼貌！无论如何，我都不喜欢冒险。就好比杂耍一样，看似花样百出，惊险连连，实际上粗俗不堪。根本没有从本质上领悟宿命，也没有经过传统内涵的洗礼和熏陶，完全是‘初生牛犊不怕虎’的鲁莽行为。这正是我们这些正统的风雅之士不屑一顾的。反正我只想循着前人的足迹，向着稳妥的道路，笔直前行。”

“噗！”海龟又忍不住笑出声来，“那些前人所走过的路，不正是经过冒险才走出来的路吗？要是换个说法，把冒险称之为‘相信的力量’，您觉得如何？只有当一个人相信山谷的另一边盛开着美丽的花朵，他才会毅然地抓着藤蔓攀爬到对面去。人们可能以为他是在表演杂耍，为他喝彩，也可

能认为他是在哗众取宠，反感他的行为。但是，这与玩杂耍绝对没有一点关系。那个手抓藤蔓攀爬到对面去的人，不过是想看一眼对面盛开的鲜花而已。他们才没有‘我正在冒险哦’之类庸俗不堪的想法呢。说您没有冒险精神，其实就是说您不相信美好事物的存在。甚至您都不懂得如何诚挚地接受别人的好意。您这分明是在为以后要得到的回报而斤斤计较吧？哎哟喂，所谓的风雅之士真是小肚鸡肠呀。”

“你这话说得太过分了。我平白无故被弟弟妹妹数落一通，跑到海边来，就是想透透气。谁知又被自己救过的海龟劈头盖脸地批评了一通，真是晦（huì）气。你就别瞎折腾了，还是快回到你海底的住处去吧。我好不容易救了你一命，要是你再让孩子们逮住，那之前所做的努力不就白费了吗？不懂如何坦然接受别人好意的不是我，是你才对！”

“嘿嘿，”海龟面无惧色地笑着说道，“‘好不容易救了你一命’，这话说得真是让人心生不安！您以为对别人略施恩惠后，就是天大的美德了？内心明明期盼着别人的回报，可面对别人的好意，却又抱着过分的警惕。既然话说到了这份儿上，我也就直说了，您之所以帮助我，是因为我是只海龟，而欺负我的只是一帮孩子吧？因为您知道就算介入海龟和小孩子之间的纷争，也不会产生什么严重的后果。而且，对于小孩子来说，您给的五文钱算是一个大数目了。您救我顶多算是一时心血来潮罢了。可倘若当时在您面前的不是海龟和孩子，而是一个粗暴的渔夫在欺负一个病病歪歪的乞丐，您肯定会事不关己，溜之大吉，更别说给五文钱了。是不是呀？浦岛少爷，您不会生气吧？我可是很喜欢您的呀！我只是想带您去龙宫游玩一番而已。那个国度没有恼人的言语抨击，大家都过着悠然自得的生活。我可以保证，那里是游玩的好去处，请相信我。那里是一个载歌载舞、美酒佳肴应有尽有的国度。对于您这种风雅之士来说，那里是再合适不过的地方了。您刚才不是感慨说讨厌言语抨击吗？在龙宫里是绝对没有这种烦恼的。”

海龟的一番说辞，让浦岛太郎无言以对。不过，海龟的最后一句话触动了他的心弦。

“要是真有那样的国度就好了。”浦岛太郎说道。

“咦，真讨厌，您怎么还在怀疑呢？我可没骗您呢！您怎么就不肯相信我呢？我真的要生气了。不肯付诸实践，只会在这里心存幻想，长吁短叹，这难道就是你们风雅之士的作风吗？真是无可救药啊！”

性情温和的浦岛太郎被贬低到了这个份儿上，真是找不到台阶下了。

“真拿你没办法，”他一边苦笑着，一边说，“那就恭敬不如从命，坐你背上试试？”

“您说的话怎么就没有一句是顺耳的呢？”海龟生气了，“‘坐你背上试试’，这叫什么话？坐下试试不也是坐吗？结果是一样的。在您做出尝试的那一瞬间，您的命运就已成定局了。人生是不存在尝试的。试着做和已经做了，结果是一回事。无论哪种选择，都没办法反悔。”

“好了，好了。那我就相信你，坐到你背上吧！”

“好呀，上来吧！”

待浦岛太郎坐到海龟背上以后，海龟忽然将后背舒展开来，舒展开的后背足足有两张榻榻米之宽。它缓缓地下到海里，游了几百米后，用严厉的口吻说道：“把眼睛闭上。”

浦岛太郎乖乖地闭上眼睛后，耳边传来了骤雨般的响声，周身暖洋洋的，耳朵被一阵阵似是春风但又比春风稍重的风吹拂着。

“水深千寻[①]。”海龟说道。

浦岛太郎觉得胸口像晕船似的难受。

“可以吐吗？”他闭着眼睛问海龟道。

“怎么，您想吐？”海龟又恢复到先前打趣的口吻，“您还真是个不讲卫生的船客啊。啊呀，您还傻乎乎地闭着眼呢，可以睁开眼睛啦！您睁开眼睛，看看周围的景色，胸口立马就会畅快了。”

浦岛太郎睁开双眼，只见眼前茫茫然一片，周遭透着一束淡绿色的奇妙光亮，没有一点阴影。

“这儿就是龙宫吗？”

浦岛太郎跟睡昏了头似的，慢吞吞地拉长了音调问道。

“您说什么呢？这才水深千寻而已呀，龙宫可是在海底水深万寻的地

① 千寻：航海用的深度单位。1 寻 = 6 英尺长，即 1.8 米左右。

方呢。”

“这样啊。”浦岛太郎怪声怪气地说道，“大海还真是广阔无边啊！”

“您可是在海边长大的，怎么说起话来像只从深山里出来的猴子一样。大海，总归要比您家里的池塘广阔一些的。”

浦岛太郎四下环顾了一番，无论哪个方向都是浩瀚缥缈，茫茫无际。他低头看了一眼脚下，依旧是一片茫无边际的淡绿色。抬头仰望上方，则是一个形同苍穹（qióng）般的大洞。附近除了他俩的说话声之外，没有一点声响，只有似是春风却又比春风更加黏稠的风在浦岛太郎的耳畔呢喃细语。

不一会儿，浦岛太郎发现远处右上方漂浮着一些淡淡的黑点，像是撒了一把灰尘后留下的。

“那是什么？是云吗？”他问海龟道。

“别开玩笑了。大海里怎么会有云呢？”

“不然那是什么？感觉像是水里头滴了墨水，或者就是普通的灰尘？”

“您可真傻啊。看了不就明白了吗？那不就是鲷（diāo）鱼群嘛。”

“咦？那东西看起来小小的，密密麻麻的，得有两三百条吧。”

“真是愚蠢啊！”海龟嗤（chī）笑道，“您说这话是认真的吗？”

“好吧，有两三千条？”

“您仔细看看，有五六百万条啊！”

“五六百万条？你可别骗我！”

海龟脸上露出狡黠（xiá）的得意之色："那些其实不是鲷鱼，而是海里失火时升起的滚滚浓烟。烟雾如此大，想必这场火灾波及的面积很大，差不多抵得上二十个日本了。"

"你骗人，火在大海里怎么烧得起来呢？"

"肤浅，太肤浅了！水里也是有氧气的啊！火怎么就不可能在水里烧起来？"

"别开玩笑了，那堆像灰尘一样的东西，到底是什么？是鲷鱼群吗？总不可能真的是着火吧？"

"是着火了，没错。您思考过为什么吗？陆地上有无数条河流昼夜不息地汇入大海，可海水却不增不减，总是保持着相同的量，这是为什么呢？那么多水滚滚而来，要怎么处理才好？这对大海来说也是很伤脑筋的一大难题啊。而解决方法就是必须偶尔像那样把不需要的水烧掉。烧呀烧的，就酿出一场大火来了。"

"什么嘛，那烟雾根本没有要扩散的迹象啊。那究竟是什么东西啊？从刚才开始，压根儿就没移动过。这么看来，也不会是鱼群啊。别再开刁难人的玩笑了，快告诉我！"

"那我就实话实说吧，那是月亮的影子。"

"你又想耍我了，是吧？"

"才不是。陆地上的东西嘛，影子自然是不会投射到海底的。不过呢，

天体的影子是从正上方垂落下来的呀，所以是会映照在海底的。不光是月亮的影子，还有众星辰的影子都会落到海底的。龙宫就是以那些影子为依据来制定历法，分出四季的。今夜这月影瞅着不够圆满，今天该是阴历十三吧？”

看海龟一本正经的样子，浦岛太郎心想，或许真如它所说吧。可他又觉得好像哪里不太对劲。放眼望去，泛着淡绿色光亮的浩渺汪洋，就像是一个广阔无边的空洞。在其一角，有一抹幽幽的黑色，纹丝不动。就算海龟说的是骗人的，可对身为风雅之士的浦岛太郎而言，说它是月亮的影子，总归要比鲷鱼群和火灾有趣得多，因为这种说法可以引出他的乡愁。

不一会儿，四周变得异常黑暗，伴随着一阵震耳欲聋的可怕声响，一股迅猛如狂风的气流席卷而来。

浦岛太郎差点儿从龟背上摔下来。

“再把眼睛闭上。”海龟严肃地说道，“这里就是龙宫的入口。人类来海底探险时，一般会以为这里就是海底，便就此折返了。您也许是第一个穿过这个入口的人类，说不定也是最后一个。”

忽然间，浦岛太郎觉得海龟猛地翻了个身。翻转之后的海龟始终保持着肚皮朝上的姿态游着，而浦岛太郎依旧紧紧地坐在龟背上，那姿势就像翻了半个跟头一样，但他并没有掉落下来，而是整个人以头在下脚在上的奇怪姿势和海龟一起前行着。这感觉可真是奇妙啊！

“请睁开眼睛看看吧。”

此时，浦岛太郎已经没有那种上下颠倒的感觉了，他稳稳当当地坐在海龟的背上，海龟则继续朝着更深处游去。

四周透着微弱的光亮，如同曙光一般。脚下出现了一堆白乎乎的东西。看着像是连绵的山脉，又像是一座座相连的高塔，但如果说是高塔，又太过庞大。

“那是什么？是山吗？”

“是的。”

“是龙宫的山吗？”浦岛太郎极度兴奋，以至于嗓音都有些嘶哑了。

“是的。”海龟卖力地快速游动着。

“雪白雪白的，是在下雪吗？”

“您脑袋里想的事情很是清奇呢。好家伙，您竟以为海底还会下雪呢！”

“可你不是说海底也会着火吗？”浦岛太郎对海龟先前的嘲弄还击道，“估计也会下雪吧，反正水里有氧气啊！”

“下雪和有没有氧气完全是两回事，就算有点关系，那也是类似于‘大风刮起来，木桶店发大财[①]’这种牵强附会[②]的关系。真是荒谬。想靠这种伎

① 大风刮起来，木桶店发大财：日本的一句谚语，多用来讽刺一些牵强附会的分析。

② 牵强附会：把没有关系的事物生拉硬扯成与之有关系，并混为一谈。

俩来骗我，门儿都没有。”

果然，论嘴皮子功夫，浦岛太郎不是海龟的对手。

浦岛太郎苦笑着，向海龟问道：“那么，那座山是？”

海龟又嗤笑道：“您这话锋转得也太快了。那座山并没有在下雪，那是珍珠堆成的山。”

“珍珠？”浦岛太郎一脸诧异，“怎么可能？骗人的吧。就算堆上十万颗、二十万颗珍珠，也堆不出那么高的山来呀。”

“十万颗、二十万颗，那是小家子气的算法。在龙宫，珍珠才不是用‘一颗’‘两颗’这么小家子气的单位来计算的。我们都用‘一堆’‘两堆’。据说一堆珍珠约有三百亿颗，但谁也没有一颗一颗仔细清点过就是了。大约一百万堆珍珠堆在一起，也就堆出那么一座小山峰而已。我们这里一直在为找地方扔珍珠而伤脑筋。说白了，珍珠其实就是些鱼粪而已。”

不知不觉间，他们来到了龙宫的正门前。那道小得出乎意料的门，就孤零零地矗（chù）立在珍珠山脚下，闪耀着淡淡的荧光。

浦岛太郎从海龟的背上下来，并在海龟的指引下，弓着身子穿过了正门。四周透着微光，万籁（lài）俱寂。

“好安静啊，安静得有些可怕。这里该不会是地狱吧？”

“拜托清醒一点，我的大少爷。”海龟用鳍（qí）拍了拍浦岛太郎的后背，“所有王宫都是这样安静。难不成您还以为龙宫跟丹后海滩似的，一年

到头吹弹歌舞大庆丰收，闹闹腾腾的，没个消停吗？那都是陈旧过时的空想啦。见识如此浅薄，真是可悲啊！说起简朴幽邃（suì），那不该是你们风雅之士追求的极致吗？您居然还说这是地狱，真是只井底之蛙。其实，一旦您适应了这昏暗的环境，身心反倒会感到宁静和惬（qiè）意。当心脚下哦。要是滑倒了，可就丢人了。咦，您怎么还穿着草鞋呢？快脱了，多不礼貌啊！”

浦岛太郎的脸涨得通红。他脱下草鞋，光着脚走了几步，感觉脚底滑溜溜的。

“这条是什么路？怪恶心的。”

“这是一条走廊，并不是路。您已经进入龙宫了。”

“是吗？”浦岛太郎惊讶地四下环顾，发现周围既没有墙壁也没有柱子，只有一片昏暗的颜色在他周遭晃晃悠悠的。

“龙宫不下雨，也不下雪。”海龟故意一副语重心长的模样，“所以用不着学陆地上的房子，刻意盖个屋顶和墙壁，让人感到憋屈。”

“可是，刚才经过的正门上方是有屋顶的呀。”

“那只是标记罢了。不光是正门，乙姬（jī）公主的寝宫里也有屋顶和墙壁。不过，并不是用来遮挡风雨的，只是为了彰显乙姬公主的尊严而建造的。”

“是吗？” 浦岛太郎仍是一脸的不可思议，“乙姬公主的寝宫在哪里呀？这里看上去一片荒凉，我连一草一木都没见着，估计黄泉底下也就长这样吧。”

“唉，你这个乡巴佬真是让人头痛啊！你在面对高耸的楼宇、花里胡哨的装饰时啧（zé）啧赞叹，而面对这般幽邃之美却不为所动。浦岛少爷，您的高雅品位也不怎么靠谱嘛。不过，这也怨不得您。您本来就是丹后那种荒凉之地的风雅人士嘛，也只能是这种水平了。难怪正统的风雅之士常说，乡巴佬亲临现场后会原形毕露，让人不敢恭维。我劝您还是省省吧，以后别再东施效颦（pín）地假装风雅了。”

到了龙宫之后，海龟的毒舌越发毒辣了。

“可就是什么也看不见嘛。”浦岛太郎心里慌得不行，声音里甚至夹杂着一丝哭腔，仿佛下一秒就要哭出来。

“所以啊，我不是告诉您要当心脚下吗？这可不是一条普通的走廊哦，这是鱼儿们搭起来的桥梁。您仔细看一看，这条走廊的地板是几亿条鱼儿紧挨在一起组成的。”

这话吓得浦岛太郎一激灵，立刻踮起了脚尖。他心想，怪不得一开始就觉得脚底下滑溜溜的呢。仔细一看，果不其然，大大小小无数的鱼儿将后背紧紧地并排着挨在一起，一动不动的，连一点缝隙也没有。

“这也太残忍了。”浦岛太郎脚下的步子陡然变得小心翼翼起来，“这种趣味实在是低级。这难道就是简朴幽邃之美吗？踩着鱼背行走，简直太残忍了，这些鱼儿真是太可怜了！如此古里古怪的风雅，我这种乡巴佬还真是欣赏不来。”

发泄出刚被讥笑为乡巴佬而郁积在心中的憋屈和愤懑（mèn）后，他的

心情总算是畅快了一些。

“不是这样的，”这时，他脚下传来了低声细语，“是因为我们醉心于乙姬公主的琴声，所以每天聚集在这里，并不是为了风雅才搭起这座桥的。您不必介怀，只管从我们背上走过去就好。”

“原来如此。”浦岛太郎苦笑着，“我还以为这是龙宫里常见的装饰呢。”

“不止如此，”海龟见状立马插话道，“说不定这座鱼桥是乙姬公主为了欢迎您，特意命鱼儿们搭起来的呢。”

“啊，这，”浦岛太郎显得有些不好意思，一张脸涨得通红，“我还不至于会自恋地这样想。还不是因为你不痛不痒地说什么这鱼桥是走廊的地板，我才不由得觉得这些鱼儿被踩在脚下，肯定会很痛。”

“这里哪用得着地板啊！我是觉得，如果用陆地上的房子来打比方的话，这些鱼儿就相当于房子里的地板。为了方便您理解，我才做了那样的说明。难道您以为鱼儿们会感觉到疼痛吗？要知道，到了海里，您的身体只有一张纸那么轻啊！您是不是感觉自己的身体轻飘飘的，像云朵一样呢？”

听海龟这么一说，浦岛太郎觉得自己的身体确实有些轻飘飘的。然而，一再遭到海龟嘲弄的浦岛太郎，此时对海龟已经恨得牙痒痒了。

“我不会再相信任何事了。正是因为这样，我才讨厌冒险。因为就算被骗，我也无法识破对方的谎言。对引路人所说的话，我只能全盘接受，对方告诉我那是什么，那就是什么。事实上，冒险就是骗人的把戏。什么琴声，压根儿什么都没听见，不是吗？”他把内心积压的怨气一股脑儿地发泄了出来。

海龟神态自若地回应道：“您一直生活在陆地上，所以只认得东西南北这四个方位。殊不知，这大海里还有另外两个方向，那就是上和下。从刚才开始，您就一直目视前方寻找着乙姬公主的寝宫。这是您犯的一个严重的错误。为什么您不看看头顶呢？还有，为什么您不看看脚下呢？在海洋世界里，万物都处于漂浮状态。不管是刚才穿过的正门，还是那座珍珠堆成的山峦，都是微微漂浮着的。因为您也在上下左右地晃悠，所以才感觉不到其他东西在漂浮。或许您觉得从刚才到现在已经走了很远一段路，但其实我们还停留在老位置，说不定还后退了一些呢。现在因为潮水，我们正被快速冲向后方。从刚才的位置来看，现在大家都朝上方浮了有一百寻左右。

“总之，咱们在这座鱼桥上再走一会儿吧。瞧，这相连的鱼背也渐渐松散了。你要小心，不要踩空了。不过，就算踩空，也不会有瞬间坠落的感觉，因为您也就一张纸的重量嘛。走到这条走廊尽头，你会发现前方依旧空无一物。不过，您可以看一眼脚下。喂，鱼儿们，稍微让一让，少爷要去见乙姬公主了。其实，龙宫正殿的屋顶正是这些鱼儿。‘海月[1]筑穹盖，水中荡悠悠’——这么吟唱的话，你们风雅之士是不是会雅兴大发？”

---

① 海月：一种水母。贝壳圆形，薄而透明，多用来嵌装门窗或房顶，以透光线。

说话间，鱼儿们悄无声息地向左右散开。这时，一阵琴声隐约从浦岛太郎的脚下传来。听起来和日本琴的声音很像，但没那么高昂激越，而是更为柔和，更为缥缈，悠扬动听，缠绵萦绕。《菊露》？《薄衫》？《夕空》？《砧（zhēn）》？《浮寝》？《雉（zhì）子》？不，都不是。这是一首连风雅之士浦岛太郎也不知道的曲子，低回哀婉，袅（niǎo）袅无依，情深之处还流淌着在陆地上闻所未闻的高贵的孤寂感。

“真是一首不可思议的曲子啊！它叫什么名字呢？”

海龟侧耳聆听了一会儿后，回答道：“《圣谛》。”

“《胜地》？”

“神圣的圣，真谛的谛。”

“哦，是《圣谛》啊！”浦岛太郎嘟哝道。

这下，他终于从海底龙宫的生活中，体会到了一种不可企及的高雅品位。自己的品位确实不靠谱，难怪海龟听自己说到“正统的风雅”冷汗都要冒出来了。说到底，自己只是一只乡下的野猴子，所谓的“风雅”不过是东施效颦罢了。

“今后不管你说什么，我都相信你。《圣谛》，真是高雅啊！”浦岛太郎呆呆地立在原地，继续聆听着这首不可思议的曲子。

“好了，要往下跳了哦。没啥危险的。像这样，张开双臂，往前迈出一步，您就会晃悠着舒服地落下来，从这座鱼桥的尽头径直跳下去，正好可以掉在龙宫正殿的台阶前。来吧，您发什么呆呢？要跳了啊，准备好了没有？”

说罢，海龟晃晃悠悠地沉了下去。

浦岛太郎打起精神，张开双臂，往鱼桥外迈了一步。结果他一下子就被吸往下方，脸颊旁仿佛有微风拂过，一阵冰凉，十分舒服。不一会儿，四周变成了树荫般的绿色，琴声也越来越清楚了。

没多久，他和海龟便站在了正殿的台阶前。

虽说是台阶，却不是阶阶分明的真正台阶，而像是一段由闪着微光的灰色小珠子所铺成的斜坡。

“这也是珍珠吗？”浦岛太郎小声问。

海龟露出一副怜惜的神情，看着他道：“您怎么见着珠子，就认为是珍珠？珍珠不是都被丢掉了吗？所以才堆成了那么高的山。得了，您先抓一把这些小珠子看看吧。”

浦岛太郎听海龟这么一说，便用双手捧起了一把小珠子。咦？感觉冰冰凉凉的。

“啊，是雪珠啊！”

“别开玩笑了。您放嘴里试试。”

浦岛太郎乖乖地往嘴里塞了五六颗冷若冰霜的小珠子。

“太好吃了！”

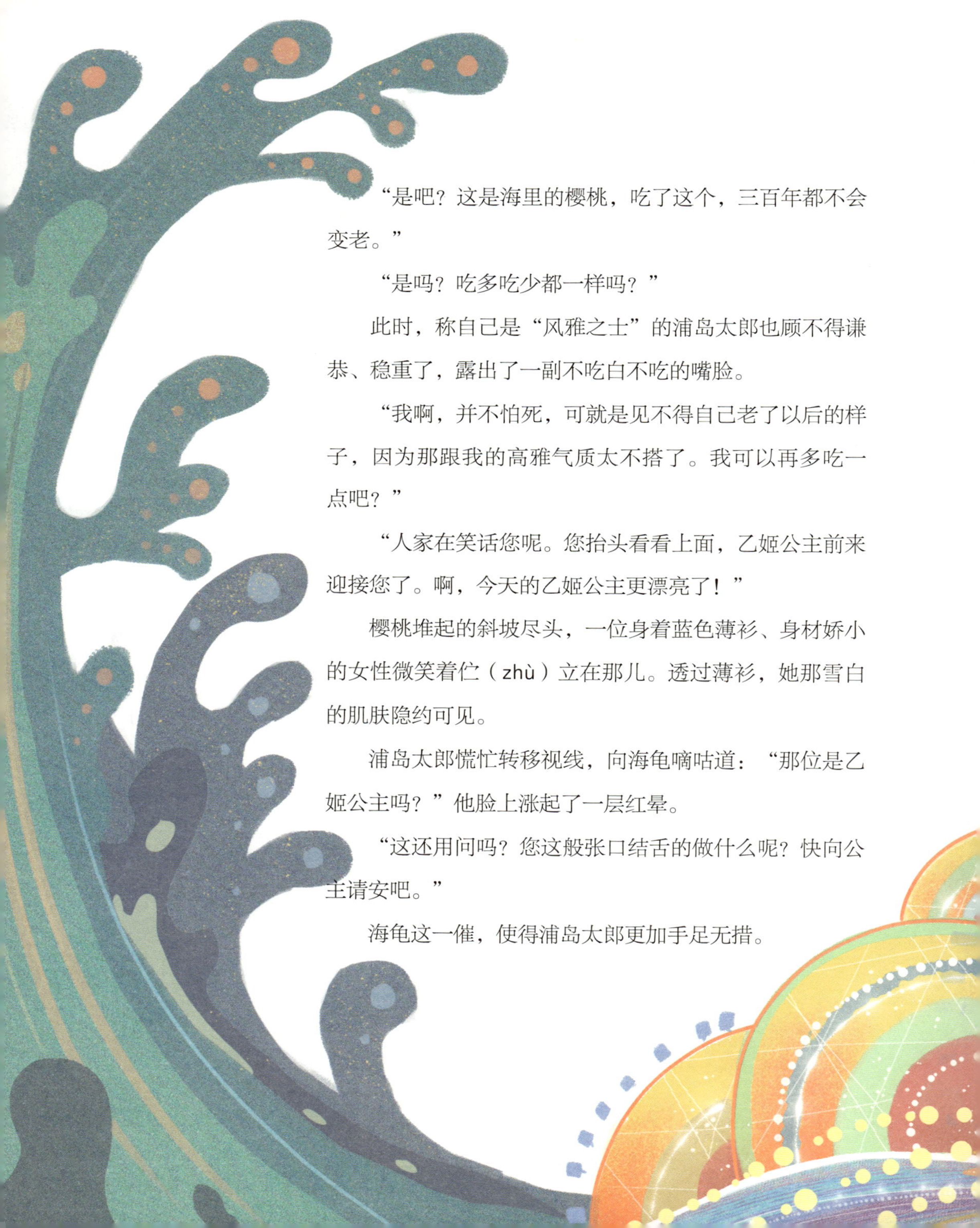

“是吧？这是海里的樱桃，吃了这个，三百年都不会变老。”

“是吗？吃多吃少都一样吗？”

此时，称自己是“风雅之士”的浦岛太郎也顾不得谦恭、稳重了，露出了一副不吃白不吃的嘴脸。

“我啊，并不怕死，可就是见不得自己老了以后的样子，因为那跟我的高雅气质太不搭了。我可以再多吃一点吧？”

“人家在笑话您呢。您抬头看看上面，乙姬公主前来迎接您了。啊，今天的乙姬公主更漂亮了！”

樱桃堆起的斜坡尽头，一位身着蓝色薄衫、身材娇小的女性微笑着伫（zhù）立在那儿。透过薄衫，她那雪白的肌肤隐约可见。

浦岛太郎慌忙转移视线，向海龟嘀咕道：“那位是乙姬公主吗？”他脸上涨起了一层红晕。

“这还用问吗？您这般张口结舌的做什么呢？快向公主请安吧。”

海龟这一催，使得浦岛太郎更加手足无措。

“可是，说什么好呢？像我这种无名之辈，就算报上名号，也是白说。再说了，我们这次拜访太过唐突，根本没有意义。算了，回去吧。”

一向清高的浦岛太郎在乙姬公主面前竟卑微得像一粒尘埃，甚至准备拔腿开溜。

“乙姬公主早就对您的事有所耳闻了。别磨叽了，恭敬地行个鞠躬礼就行了。就算乙姬公主对您一无所知，她也不会对您抱有戒心的，她才没那么小心眼。所以您用不着咬文嚼字、谨小慎微的，只要说一句‘我是过来游玩的’就行了。”

“那可太失礼了。啊，她笑了！不管怎样，先鞠个躬再说吧。”

浦岛太郎毕恭毕敬地鞠了一躬，动作幅度

大到双手都快触着脚尖了。

一旁的海龟见了，着实为他捏了一把冷汗。

“这实在是恭敬过头了，让人见了倒胃口！您好歹是我的恩人啊，请拿出一点威严的架势来。您鞠躬时头都快触到地上了，如此低三下四的，还谈什么高雅气质啊？乙姬公主在向我们招手了。走吧。来，昂首挺胸！摆出我是日本第一好男儿的姿态，露出高贵风雅之士该有的表情，端足了气势，大摇大摆地走过去！”

“不行，不行。对高贵之人不尽到应有的礼数的话……”浦岛太郎紧张得嗓子都沙哑了。

他踉踉跄跄（liàngliàngqiàngqiàng）[①]地走上台阶，映入眼帘的是一个极为广阔的大厅，面积大到如同铺满了一万张榻榻米。不，与其说是大厅，不如说是庭院来得更贴切。不知从哪里射来了绿荫般的光线，令这个足有一万张榻榻米大小的广场如堕（duò）入迷雾中一般。地面上铺满了形状似雪珠般的小珠子，黑色岩石散乱地堆放在它们中间。然而，除此之外，别说是屋顶了，连根柱子也没有。一眼望去，偌大的广场，犹如一片废墟，让人感到十分荒凉。

仔细一瞧，能看到一些紫色的小花零零星星地从小珠子的缝隙里冒出头来，而这反倒徒增了几分寂寥。这让浦岛太郎不由得心生感叹：“乙姬公主

---

① 踉踉跄跄：指走路歪歪斜斜，很不稳的样子。

竟然生活在如此孤寂的地方啊！”

待回过神之后，浦岛太郎偷偷地瞥了乙姬公主一眼。

乙姬公主默不作声地转过身去，徐徐地迈开了步子。

浦岛太郎这才注意到，原来乙姬公主的背后聚集着无数条金色小鱼。那些比青鳉（jiāng）鱼还小的鱼儿欢快地游动着，乙姬公主一走动，它们就紧随其后，跟着移动，仿佛金色的雨滴不停地溅落到乙姬公主身边，实在令人叹为观止！

身着薄衫的乙姬公主襟飘带舞，赤脚走着。仔细一看，她那双白里泛青的小脚并没有踩到底下铺着的小珠子上。她的脚底与小珠子之间尚留有一些间隙。她的足底或许至今都没有踩到过任何东西。一想到她的足底肯定如新生婴儿般柔软而洁净，浦岛太郎就觉得全身上下未加任何明显粉饰的公主有一种纯正的气质，高贵又不失典雅。

这次龙宫之旅真是不枉此行！他渐渐对这次冒险心怀感激起来，情不自禁地跟在乙姬公主身后。

“怎么样，不错吧？”海龟在浦岛太郎的耳边低声耳语道。同时，它用鳍轻轻捅了一下浦岛太郎的腰窝。

“啊，你这是在做什么？”浦岛太郎略显狼狈，随后，他故意岔开话题，说道，“这花，这紫色的花好漂亮啊！”

“您是说这个吗？”海龟兴致索然地说道，“这是海里的樱花，有点

像紫罗兰。吃了这种花瓣，会有些蒙眬的醉意，十分舒服。这就是龙宫里的美酒。另外，那些像岩石一样的东西，是海藻。因为历经几万年之久，所以堆积成了这岩石般的模样。其实，它们是口感比羊羹（gēng）[1]还要软嫩的东西，鲜美的味道胜过陆地上的任何珍馐（xiū）美味呢。而且，不同的‘岩石’，有不同的味道。品尝美味的海藻，沉醉于海樱花的花瓣，渴了就在嘴里含几颗樱桃，聆听乙姬公主勾人心弦的琴声，坐看小鱼们翩翩起舞、摇曳生姿，这就是龙宫的生活。怎么样？我邀请您来的时候就说过，龙宫是一个载歌载舞、美酒佳肴应有尽有的国度。没有骗您吧？和您想象中的龙宫没有太大的区别吧？”

浦岛太郎苦笑着没有回答，像是在思考什么。

“我知道。在您的想象中，这里应该是鼓乐齐鸣，热闹非凡，大盘子里装的不是鲷鱼，就是金枪鱼的刺身，还有身着红色和服的小姑娘婆娑起舞，金银珊瑚、绫罗绸缎随处可见……对吧？”

“我哪有这样想过啊？”浦岛太郎蹙（cù）起眉头，略显不悦，“我才没有你想的那么庸俗呢。我只是在想，我原以为自己很孤独，可来到这里之后，才见识到了真正的孤独。我对一直以来的做作生活，深感惭愧，简直是羞愧难当。”

“您是指她吗？”海龟小声地说着，用下巴指了指前面的乙姬公主，

---

① 羊羹：一种日式传统点心。

“那位才不孤独呢，她一点儿也不在乎自己是否孤独，只有贪得无厌的人，才会被孤独所困扰。倘若不为他人之事所牵绊，那么就算一人度过千百年的时光，又何尝不悠游自在？这种境界就叫‘走自己的路，任由他人评说’。对了，您这是要上哪儿去？”

“呃，什么？没有啊，”浦岛太郎对这个问题感到很意外，“你刚才不是说乙姬公主她……”

“乙姬公主可没打算带您去什么地方哦。您的事儿，她早就忘记了。接下来，她要回自己的寝宫了。您清醒一点，这里是龙宫！我已经没有其他地方要带您去的了。您在这里爱怎么玩就怎么玩，难道这样，您还不满足吗？”

“你别总是老欺负我啊。我到底该怎么办才好？”浦岛太郎哭丧着一张脸，委屈巴巴地说，“我只是觉得，既然公主亲自前来迎接我，那么我应该礼貌地跟在她身后。我并没有觉得自己有魅力，也没有什么不满足的。你说话总是阴阳怪气的，好像我居心不良一般。你心眼太坏了，说话总是那么尖酸刻薄，真是过分！我还从未遇到过如此让人难堪的处境呢，真是太过分了！”

“您可不能那么小心眼啊！乙姬公主为人豁达，不拘小节。您可是从陆地上远道而来的稀客，而且是我的救命恩人，公主亲自出来迎接也是理所当然的。再说了，您为人爽朗，又有男子气概，不不不，这只是玩笑话，您可不能又自我陶醉。总之，乙姬公主到台阶处迎接前来拜访的稀客后，也就安心了。之后，她将您置之脑后，自己回寝宫，为的是让您随心所欲、无拘无束地在这里游玩，爱玩几天，就玩几天。其实，我们也不太清楚乙姬公主心里是怎么想的。不过，不管怎么说，她是非常大度的。”

“你要这么说的话，我倒是有点明白了。或许，这就是真正高贵之人的待客之道，他们将客人迎进门后就将客人遗忘了，顶多只会漫不经心地为客人奉上美酒佳肴，不会因为要招待客人而刻意安排歌舞乐曲。乙姬公主只管自己弹琴，并不是特意为谁而弹；鱼儿们自顾嬉戏起舞，也并非特意为谁展示舞姿，客人的喝彩或称赞并非是它们所期待的。客人也没有必要专注地欣赏，并露出一副惊叹的表情，就算躺下来假装丝毫没放在心上也无所谓，因为主人早已将客人忘记了。并且，客人得到了可以自由活动的许可，想吃就吃，不想吃就不吃，一切随意。就算喝得醉醺醺，心神恍惚地听乙姬公主弹琴，也不算失礼。啊！待客之道就该如此，而不是只会絮絮叨叨地劝客人吃些不值一提的菜肴，无聊地互戴高帽；明明没什么好笑的，却要故意放声傻笑；明明是陈词滥调，还要装作一副吃惊的模样。啊！我真想让他们看看龙宫里这种大气、文雅的待客之道。其实，那些家伙只关心自己这么做是否有失品位，才不在乎客人是否满意呢。这种小心翼翼的待客方式，完全是在瞎忙活，要说真心实意，还不如指甲缝里那点污垢（gòu）多呢。这算什么啊？就连喝一杯酒，都像是在交换字据，尽说些‘我请你喝了哦’‘我已经喝了呀’这种无聊的话，真是粗俗。”

“没错，是这样的。”海龟大喜道，“不过，您这么兴奋，要是引起心脏不适，可就不好办了。来，坐到这块海藻凝成的岩石上，喝点樱桃酒吧。对第一次品尝的人来说，只吃樱桃花瓣的话，可能会觉得气味有点冲。所以，您可以将它和五六颗樱桃一起放到嘴里。它们会瞬间化作清冽可口的美酒。通过不同的搭配，还可以调配出各种各样的口味。您可以自己琢磨着，调制出自己喜欢的酒品，尽情享用。”

此刻，浦岛太郎正想来点儿稍烈的酒。

他摘下三片樱花花瓣和两颗樱桃放入口中，这些一到嘴里，便化作满口的美酒，还未咽下，光是含着就令人感到一阵微醺，很是惬意。等到美酒轻柔地从喉咙滑过，他的体内像是点燃了一盏明灯，一股喜悦之情在心头燃起。

“真是好酒啊！玉帚[1]扫千愁，这酒便是玉帚！”

“千愁？”海龟连忙追问，“您是在为什么事情犯愁吗？”

“不，没什么，不是那样的。哈哈哈！”

浦岛太郎用假笑掩饰着自己的尴尬，随后轻轻地叹了口气，望向乙姬公主的背影。

乙姬公主独自默默前行。她沐浴在淡绿色的光芒中，看起来宛若一株明

---

① 玉帚：日本清酒的别称，传说这种酒具有扫除烦恼和不安的力量。

净秀美的海草，娉（pīng）娉袅袅[1]、悠悠荡荡地走着。

“她要去哪里呢？”浦岛太郎不由得嘀咕着。

“她的寝宫吧。”海龟若无其事地答道，一副“这不是显而易见嘛”的表情。

“从刚才开始，你就‘寝宫’‘寝宫’的说个没完。可是寝宫究竟在哪里呢？我连个影子都没看见。”

确实，放眼望去，只有一个平平坦坦、漫无边际的大厅，闪烁着微弱的亮光，如同旷野一般。周围连宫殿的影子都没见着，更不要说有宫殿模样的建筑了。

“您往乙姬公主走的方向看，一直看向远处，能看到什么吗？”海龟说道。

浦岛太郎听后，便蹙着眉头凝望那个方向。

“啊，听你这么一说，再仔细一瞧，好像真的有什么东西在那儿一样。”

在一里[2]开外的前方，有个如谷底般幽深的地方，那里虽然一片雾蒙蒙的，倒也看得见一个像洁白的水中花一样的小玩意儿。

“是那儿吗？好小啊。”

---

① 娉娉袅袅：形容女子体态轻盈优美。

② 一里：日本的 1 里相当于 3927 米。

“乙姬公主一个人住，用不着偌大一座宫殿，是吧？”

“你这么说也对。”浦岛太郎又调制了些樱桃酒，然后一饮而尽，“公主总是这么不爱说话吗？”

“嗯，没错。我从没听过乙姬公主开口说话。虽说少言寡语的人免不了会有表里不一的嫌疑，但乙姬公主是绝对不会做出明面上不露声色，背地里暗自恶毒揣摩这种事情的。她平日里只顾微笑着弹琴，或是独自闲庭漫步，嘴里含一些樱桃花瓣，是一个悠然自得之人。”

“原来公主也会品尝樱桃酒啊。这真是个好东西。有此美酒，别无他求。我能再喝点儿吗？”

“可以，请便。您在这里没有任何限制，不用假装客气。别只顾着喝酒，顺带也吃点东西怎么样？您所看到的岩石，其实都是珍馐美味哦。您想吃油腻（nì）一点的，还是带点酸味的呢？什么口味的都有哦。”

“啊，有琴声传过来了。我可以躺下来听吧？”

此刻，浦岛太郎已将风雅的派头抛诸脑后了。他仰面朝天地躺下，感慨道：“啊，带着微微的醉意躺下来，真是比神仙还快活啊。嗯，吃点什么吧，有烤鸡味的海藻吗？”

“有。”

“那桑葚（shèn）味的呢？”

“有吧。不过，您爱吃的东西怎么都是些奇怪、野蛮的玩意儿呢？”

“天性就是这样呀，谁让我是个乡巴佬呢。”浦岛太郎就连说话的口吻似乎都与之前不同了。

他抬眼一看，只见高高的上方漂浮着由数万条鱼儿构成的穹盖，那里泛着蓝色的霞光，朦胧迷离。

忽然间，穹盖上有一群鱼儿分散开来，各自欢快地飞舞着，银鳞闪烁，如同漫天的纷飞雪花。

龙宫里没有黑夜和白天，无论何时都像五月的清晨那般让人心旷神怡，绿荫般的光线充斥着每一个角落。浦岛太郎根本搞不清楚自己在这里游玩了多少天。他在这里是真的不受任何限制，他甚至进入了乙姬公主的寝宫，而乙姬公主对此并未表现出任何厌恶的神色，自始至终脸上都挂着淡淡的微笑。

终于，浦岛太郎感到厌倦了，也许他是厌倦了“不受任何限制”这件事。他开始想念陆地上的生活了。那些对他人的言语抨击耿耿于怀，一会儿哭，一会儿闹，斤斤计较地生活在陆地上的人民，竟让他觉得无比可爱。他甚至开始觉得陆地生活万般美好。

“再见。”浦岛太郎向乙姬公主道别。

面对这突如其来的辞别，乙姬公主对此也是微微一笑，默许了。也就是说，在这里，无论做什么都会得到许可。自始至终，一切都是被允许的。

乙姬公主来到龙宫的台阶处为浦岛太郎送行，她默不作声地递出一只小贝壳。这只贝壳两瓣紧紧相合，闪烁着光彩夺目的祥光。这便是所谓的龙宫

纪念物——玉匣（xiá）。

人们常说“去时开心，回时愁”。浦岛太郎坐上龟背，迷迷糊糊地离开了龙宫。

回去的途中，一股莫名的忧愁涌上了他的心头：哎呀，我忘了跟公主道谢了！那么美好的地方，恐怕不会来第二次了。唉，我要是能一直待在那里就好了，可我毕竟是陆地上的人，无论在那里过着多么舒适安乐的生活，总是会想念自己的家和故乡。就算美酒下肚，酣然入梦，梦里见到的依旧是自己的故乡。

“啊，受不了了，好孤单啊！”浦岛太郎扯着嗓子大喊道，“不知道为什么，总感觉心里很不是滋味。喂，海龟兄，你倒是说点什么啊，再说点冷嘲热讽的话吧。你怎么从刚才开始，就默不作声了啊？”

确实，从刚才起，海龟就没再说过话，只是一个劲儿地摆动着四条鳍。

“你生气了吗？你是气我在龙宫里吃饱喝足后，转头就走了，是吗？”

“您别在那儿瞎猜了，陆地上的人就是这点让人讨厌。想回去就回去啊，我不是从一开始就对您说过很多次了吗？随您高兴，您爱干什么就干什么。”

“可我总感觉你垂头丧气的。”

“您才垂头丧气的呢。我呀，干点迎接客人的活儿还行，就是有点不擅长干送别的活儿。”

“正所谓‘去时开心……’是吧？”

“我哪里有逗乐的心情？送别这件事真是叫人心里难受，只会让人一个劲儿地唉声叹气，不管说什么都特别没劲，还不如早点分别呢。”

“这么看来，你也是很难过的。”浦岛太郎眼眶一红，“这次承蒙你照顾，非常感谢。”

海龟没有作答，只是摇晃了一下背上的甲壳，仿佛在说：“你说的话可真够肉麻的。”之后，它便继续卖力地游起来。

“公主在龙宫里，总是一个人孤零零地玩吗？”浦岛太郎叹了口气，一脸怅然，“她送我的那只漂亮的贝壳，是吃的吗？”

海龟忍不住一阵窃笑：“您怎么在龙宫待了些日子，就变得这么馋嘴了呀！那东西可不是吃的。虽然我也不太清楚，但那里面应该是装了东西的。”

海龟接着说道：“不过，那只贝壳还是不要打开为好，因为里面肯定装有龙宫精气之类的东西。如果在陆地上打开它，或许会出现海市蜃楼，让您发疯的；又或许会有海潮喷涌而出，引发洪水。总之，把海底的精气散放到陆地上，可能会有不好的事情发生。”

海龟说得一本正经。浦岛太郎相信这是海龟的一番好意。

“很有可能会这样。龙宫是如此高贵，如果这贝壳里面装的真是精气，那么一旦打开贝壳，龙宫的精气便会与陆地上的空气接触，很可能会因为二者无法相融而引发大爆炸。算了吧，我还是把它当作家传珍宝，好好地加以保管吧。”

说话间，他们已经浮出了海面。阳光明晃晃的，非常刺眼。故乡的海滩已经浮现在眼前。浦岛太郎归家心切，只恨不能插上翅膀，立刻飞回家中，把父母、弟弟妹妹和一众仆人聚到一块儿，向他们详细介绍一下海底的龙宫。

他情绪高昂，异常亢奋，甚至都忘了和海龟道声“再见”。刚刚上岸，他便火急火燎（liǎo）地往家的方向赶。

然而，来到村口时，浦岛太郎被眼前的景象惊呆了。

哎呀呀，我的故乡怎么变成这样了？
哎呀呀，我家的宅院哪里去了？
荒烟蔓草，满目凄凉。
没有道路，没有人烟。
只有风吹过松林，飒（sà）飒作响。

浦岛太郎茫然无措，最终，他还是打开了从龙宫带回来的那枚纪念物——贝壳。

就在他打开贝壳后，一股白烟随即从中冒了出来。转眼间，他摇身一变，成了一个三百岁的白发老翁。

就在这一瞬间，浦岛太郎跨过了三百年的光阴，在打开贝壳的同时，他忘却了三百年的光阴。

据说，在此之后，浦岛太郎又幸福地活了十年。

拔舌雀

从前有一名男子，虽然还没到不惑之年，但很早就让家里人称呼自己为“老爷子”。他的身体很差，总是气喘吁吁地咳嗽，面色枯槁（gǎo）[1]无光。早晨起床后，光是干些掸掸灰尘、清扫垃圾之类的活，就足以令他累到骨头散架。之后，他便整日待在书桌旁，时睡时醒，不知道在磨蹭些什么。一吃过晚饭，他便立刻铺好被褥（rù），躺下安歇了。这种死水般波澜不兴的生活，他已经持续了十多年。或许，他算是个弃世的隐士吧。

别看“老爷子”现在住的是寒碜（chen）的茅草屋，他原本可是大财主家的三少爷呢。只不过他辜负了父母的期望，连份正当工作也没有，就这么

① 枯槁：干枯、干燥。

稀里糊涂地过着晴耕雨读的日子，后来又身患疾病。近年来，他的父母和亲戚对他已不再抱任何希望，索性每月拿一笔小钱接济他，让他不至于揭不开锅。也正因如此，他才得以过上这种隐世而居的生活。

他身子骨虚，这倒不假，可他还没病到下不来床的地步，没有理由连一件活儿也干不了呀。可这个“老爷子”就是吊儿郎当，好吃懒做。倒是听说他读过不少书，可也是读过就忘，不会将自己读过的内容告诉他人。他的生活就四个字：浑浑噩噩。光是这样，他在世间就已经毫无价值可言了，不仅如此，他结婚已经十多年了，却连个孩子都没有。

那么，能跟这种了无生趣的人一起过了十多年的人——他的妻子，又会是个什么样的女人呢？这或多或少勾起了人们的好奇心。

然而，透过茅屋的篱笆墙往里窥（kuī）视的人却大跌眼镜。什么啊？就是这样的一个女人吗？

确实，这是个不足挂齿的女人。皮肤黝黑，眼神凶恶，一双粗大的手布满褶（zhě）皱。只见她双手垂在身前，微微弓着腰，行色匆匆地在院子里走动着。乍一看她的模样，不禁让人怀疑她的岁数是不是比“老爷子”还要大。但并非如此，事实上，她才三十三岁，正值壮年。这位妇人原本是“老爷子”老家的一名仆人，一开始奉命伺候体弱多病的“老爷子”，谁知长此以往竟变成要伺候他终身了。当然，她是没什么文化的。

“喂，快把衬衣什么的统统脱掉，放到这里来，我要洗了。”她以强硬

的口气命令道。

“脱下来后……”“老爷子”手肘撑在桌上托着腮，低声回答道。

这个“老爷子”平日里说起话来，声音总是很小。而且，话只说一半，后半截话总是含在嘴里不说出来，只能听见“啊”“呜”之类含糊不清的字。就连和他共同生活了十多年的“老奶奶”，都听不太懂这个“老爷子”在说些什么，更何况是其他人。“老爷子”既没有正经的工作，也不利用所学的知识著书，就连日常对话也吞吞吐吐说不明白。这个样子，真不知是该说他懒还是该说他什么。总之，他身上那股消极的劲头儿真是让人难以形容。

“快拿过来呀！瞧你这衬衣的领子都脏得油光发亮了。”

“脱下来后……”他低声嘟哝着，话还是只说一半。

“啥？你说什么？把话说明白些。”

“脱下来后……”他依旧手托腮帮，板着一张脸，两只眼直勾勾地看着“老奶奶”，然后总算是口齿清楚地说了句，“今天很冷。”

“因为已经入冬了啊。不光是今天，明天、后天，肯定也冷着呢。”她用训斥孩子般的口吻说道，“这种天气，坐炉子旁边不动弹的人，和在井边洗衣服的人，你知道谁更冷吗？”

“不知道。”“老爷子”面带微笑地回答道，“因为你已经习惯在井边干活了呀。”

“开什么玩笑！”“老奶奶”板着脸，正言厉色道，“我不是专门为了洗衣服才出生到这个世上的。”

“是吗？”“老爷子”神色自若地应道。

“你倒是快脱下来给我啊，替换的衣服都在那壁橱里放着呢。”

“可脱了之后，会冻感冒的。”

“那就随你的便吧。”“老奶奶”没好气地丢下一句话，转身走开了。

这里位于东北仙台郊外，爱宕山的山脚下，在与激流翻滚的广濑（lài）川相邻的一片竹林里。

这位“老爷子”所居住的茅屋周围，有一大片竹林，里面住着无数只麻雀。一到早晚时分，麻雀们便叽叽喳喳地闹个不休，耳朵都快被震聋了。

这一年的秋末，某个清晨，竹林里下起了软雹。软雹打在地上，发出清脆的叮叮当当的响声。随后，“老爷子”发现院子里的泥土地上，有一只伤了脚的小麻雀，正仰面朝天地挣扎着。“老爷子”默默地将它拾起，带回屋里，安置在炉子旁，并喂食给它吃。

小麻雀脚伤好了后，经常来“老爷子”的屋里蹦跶玩耍，偶尔会飞落到院子里，更多的时候是落在檐廊上，啄食“老爷子”给的食物，然后滴下粪便。倘若被“老奶奶”看见了，她会一边大喊“哎哟，脏死了”，一边将它赶走。而“老爷子”则默不作声地站起身子，用纸将檐廊上小麻雀滴的粪便仔细地擦拭干净。

随着日子的推移，小麻雀渐渐分清了在谁面前可以随心所欲，在谁面前是根本待不得的。所以，当“老奶奶”独自在家的时候，它就躲到院子或屋檐下避难，而当“老爷子”一出现，它就会立马飞过来，身姿轻捷地落到“老爷子”的头顶，或是到“老爷子”的书桌上胡乱蹦跶。有时，它会喝砚台里的水，并发出轻微的“咕噜”声，有时会躲藏到笔架后面，变着法儿地嬉闹，干扰“老爷子”读书。然而，“老爷子”总是一副漫不经心、淡然置之的样子。

他不像世间的爱鸟人士，会给自家的爱鸟取一个奇怪又做作的名字，然后说什么“瑠（liú）美，你也觉得寂寞，是不是啊”，相反，不管小麻雀在哪儿，在干什么，他都会摆出一副漠不关心的样子。只是时不时地会一声不吭地从厨房抓来一把食物，“哗啦”一下撒在檐廊上。

一天，小麻雀在“老奶奶”走开后，扑棱着翅膀从屋檐上飞下来，身姿轻盈地落到老爷子托着腮的书桌边缘。而老爷子面色平静，不见丝毫波澜。他闷不吭声地看着小麻雀。

殊不知，一场悲剧就要在小麻雀身上上演了。

过了一会儿，“老爷子”嘴里悠悠地吐出一句“原来是这样啊”，然后深深地叹了一口气，翻开了桌上的一本书。翻了一两页之后，他突然停了下来，托着腮帮子，呆呆地看着前方，嘴里嘟哝道：“说什么不是专门为了洗衣服才来到这世上的。别看她那副样子，其实她还心存欲念呢。”随即，嘴角露出一丝苦笑来。

就在这时，书桌上的小麻雀突然开口说话了。

“那么你呢？”

“老爷子”听到小麻雀说人话，并不怎么惊讶，依旧泰然自若地回答道：“我吗？我是为了说真话而来到这世上的。”

“可你不是惜字如金，什么也不说吗？”

“这世上，尽是些信口开河、胡言乱语的人，我讨厌和他们说话。更可怕的是，他们并没有意识到自己在胡言乱语。”

“这不是懒惰之人的借口吗？但凡肚子里有点墨水的人，都要这样子故作姿态、自命不凡啊。你不是游手好闲，无所事事的吗？怎么光说别人呢？俗话说得好，‘不劳动就没有话语权’。你有什么资格说别人呢？”

“你这话倒也有道理。”“老爷子”一脸淡然，并无半分慌张之色，“可这世上有我这号人物也没什么不妥。你别看我好像什么事也没做，事实可不见得如此。有一些事情是只有我才办得到，虽然我不知道有生之年有没有机会发挥自己真正的价值。可一旦机会来了，我一定会大有作为。而在那之前，我就这么默默地等待，安安静静地读书。”

“怎么说呢？”小麻雀歪着脑袋说道，“也就是那些不思进取的人，才会这般死不服输地嘴上占便宜。该叫你没落的老太爷吗？像你这种腿脚不灵便的老年人，才会把早已一去不复返的昔日美梦当成未来的希望，并以此来

慰藉（jiè）自己。真是可怜啊！你这充其量只能算是无聊的牢骚罢了。难道不是吗？你可是一件正经事儿都没干。”

面对小麻雀的一番犀利言论，“老爷子”非但不生气，反倒内心越发平静了。

“你这话倒也没错。可事实上，我现在正在干一件了不起的事情。你要问我是什么事情，那就是‘无欲无求’。这事儿说着简单，做起来可不容易。我家老婆子跟我一起生活了十几年，我原以为她差不多已经将世俗的欲望统统抛开了，可事实好像并非如此。她好像还心有所求呢。真是太好笑了，所以我不知不觉就笑了出来。”

正巧此时，“老奶奶”突然冒了出来。

“我才没有什么所求的。哎？你在和谁说话呢？刚才明明有年轻姑娘的说话声音啊。那位客人上哪儿去啦？”

“客人嘛……”老爷子还是一贯地含糊其词。

“别想狡辩，你刚才确实是在和别人说话来着，而且是在说我的坏话。这叫什么事儿啊！你跟我说话的时候，总是吞吞吐吐、口齿不清，可跟别人说起话来，就跟变了个人似的，声音听上去清脆洪亮，说得还有声有色的。”

“是吗？”“老爷子”含含糊糊地回答道，“可是，你看，这里根本没有其他人呀。”

“你可别糊弄我。”“老奶奶”一副气鼓鼓的模样，一屁股坐到檐廊边上，愤怒地说道，“你到底把我当成什么了？我已经忍你很久了，你根本就瞧不起我。说来也是，我呀，出身不好，又没文化，没法儿跟你谈天说地、谈古论今，可即便是这样，你对我也实在太过分了。想当初，我年纪轻轻就去你家当用人，奉命伺候你，没想到后来就一起生活了。当初老爷、夫人也说了，是看我踏实可靠，才让我跟少爷你在一起。”

“满嘴胡言乱语。”

“老奶奶”唰地脸色大变，连忙追问道：“我哪里胡说了？我胡说什么了？难道这不是事实吗？那时，最了解你性情的人，不是我吗？除了我，谁都伺候不了你，所以最后变成了我要伺候你一辈子。你说我哪里胡说了？你倒是说清楚呀！”

“满口胡言。那个时候你可是别无所求。就这么简单。”

“我不明白你这话是什么意思。你可别拿我当傻子。我是为了你好，才愿意跟你一块儿过日子的。你根本不知道，我跟你这种人在一块儿，每天起早贪黑的，是多么辛劳孤寂。你偶尔倒是说句暖人心的话，是不是？你再看看别人家夫妻，不管日子过得多么穷苦，吃晚饭的时候不也都说说笑笑的吗？我又不是一个贪心不足的女人。只要是为你好，一切我都能忍。如果你能偶尔对我说上一两句暖心窝子的话，我也就别无所求了。”

“真是些假惺惺的话。本来以为你说得差不多就会消停了，没想到你还是在发这些老套的牢骚。这可行不通啊！你说的话，每一句都是糊弄人的，每一句都是随心所欲、意气用事的。说实话，让我变得沉默寡言的人，就是你！晚饭时说说笑笑？说笑什么呢？不就是对别人评头论足、背地里说别人坏话吗？就是不管他人，只顾自己嘴皮子畅快地说些谣言罢了。迄今为止，我还从没听到过你赞美过谁呢。我的内心也是很脆弱的，近朱者赤，近墨者黑，假如一直受你影响，我也会变得喜欢对别人说三道四、评头论足。我很害怕变成那样。所以，我才决定不再跟任何人说话。因为你们这些人，眼睛就光盯着别人身上的缺点，完全没有意识到自己身上的可恶之处。所以，我害怕与人交往。”

“我明白了。你是对我心生厌倦，觉得我这种老太婆腻味了吧？我都知道。刚才那位客人，怎么回事？躲哪儿去了？刚才确实有年轻女人的说话声。”

“你要那么想的话，那就随你的便吧。”

“随什么便？那位客人在哪儿呢？我要是不跟客人打声招呼，就太失礼了。你别瞧我这副样子，我好歹也是这个家的女主人呢。总得让我跟人家打个招呼啊。你可不能欺人太甚。”

“就是它。”

“老爷子”抬了抬下巴，示意她往正在书桌上玩耍的小麻雀那边看。

“啊？别开玩笑了。麻雀能说话？”

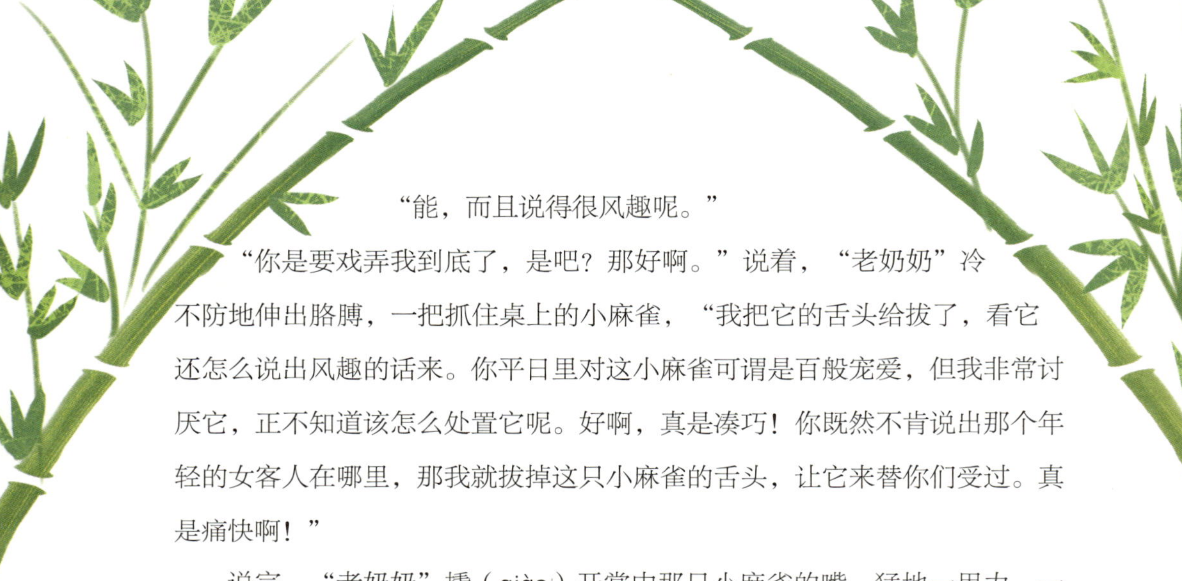

“能，而且说得很风趣呢。”

“你是要戏弄我到底了，是吧？那好啊。”说着，“老奶奶”冷不防地伸出胳膊，一把抓住桌上的小麻雀，“我把它的舌头给拔了，看它还怎么说出风趣的话来。你平日里对这小麻雀可谓是百般宠爱，但我非常讨厌它，正不知道该怎么处置它呢。好啊，真是凑巧！你既然不肯说出那个年轻的女客人在哪里，那我就拔掉这只小麻雀的舌头，让它来替你们受过。真是痛快啊！”

说完，“老奶奶”撬（qiào）开掌中那只小麻雀的嘴，猛地一用力，一下子拔掉了那小得跟油菜花花瓣似的雀舌。

小麻雀“扑棱棱”地拍打着翅膀往高空飞去。

“老爷子”静默无言地眺望着小麻雀飞远的方向。

第二天，“老爷子”便开始在竹林里搜寻小麻雀的踪迹。

舌头被拔的小麻雀，
你的住处在哪儿？
舌头被拔的小麻雀，
你的住处在哪儿？

大雪日复一日无休无止地下着。尽管如此，“老爷子”还是深入竹林，四处搜寻着小麻雀的踪迹，像是着了魔一样。竹林里的麻雀数不胜数，要从其中找出一只没了舌头的小麻雀，等同于大海捞针。可是，“老爷子”却有一种超出以往的热情，一天不落地搜寻着。

舌头被拔的小麻雀，
你的住处在哪儿？
舌头被拔的小麻雀，
你的住处在哪儿？

“老爷子”并不是一边哼着这样的小调，一边搜寻小麻雀的。只是当竹林里的风拂过他的耳畔，似在喃喃细语时，随着他一步步地踏雪前行，这些奇怪的词句便从其心中顺其自然地流露出来，也不知究竟是歌谣还是经文。

而不断重复的句子，配着耳边的风声细语倒是非常和谐。

一天夜里，仙台地区下起了多年不遇的大雪。

第二天，碧空如洗，万里无云，周围银装素裹，十分耀眼。这天一大早，“老爷子”穿上雪鞋，与往常一样，又深入竹林四处寻访了。

舌头被拔的小麻雀，
你的住处在哪儿？
舌头被拔的小麻雀，
你的住处在哪儿？

突然间，覆盖在竹子上的一大块积雪“扑通”一声砸到了“老爷子”的头上。兴许是击中的部位不妙，“老爷子”一下子就昏倒在了雪地上。迷迷糊糊间，他似乎听见了一阵细碎的耳语。

“真可怜啊！他是不是已经死了？”

“说什么呢，还没死呢，只不过是晕过去了而已啊。”

“可是，就这样一直趴在雪地里的话，他会冻死的呀。”

“说的也是，必须想想办法。这事儿真是伤脑筋，要是那孩子在事情还没发展到这个地步前，早点出来见他就好了。那孩子，到底是怎么了？”

“你说小照吗？”

“是啊。她好像是被谁欺负了，弄伤了嘴。从那以后，她就一直不肯露面了。”

“她一直卧床不起。因为舌头被人给拔掉了，什么话也说不出来，终日以泪洗面呢。”

“原来是舌头被人给拔掉了啊！怎会有这么狠毒的人啊？”

“唉，是呀。其实就是这个人的妻子干的。虽然他妻子不是什么坏心肠的人，但那天怕是心情不好吧，突然一下就把小照的舌头给拔掉了。”

“你亲眼看到了吗？”

“是啊，那场面太可怕了！人类啊，竟然会趁人不备，冷不防地做出那种残忍的事情来呢。”

“她是吃醋了吧？他们家的事情我还是有所耳闻的。都怪这个‘老爷子’平时不尊重自己的妻子。虽说我见不得人家太娇惯妻子，但是像这么爱搭不理的，也不太好啊。再说，小照也是，跟这个老头子太亲近了。总之，不能把错都归在一个人身上。咱们还是别瞎操心了。”

“哎呀，还说别人呢！你也是很欣赏小照的，对吧？你瞒不过我的。有一次，你不是惋惜道，小照的嗓子是这片竹林里最动听的吗？”

“小照的嗓子至少比你动听。再说，小照长得也美呀。”

“你太过分了！”

“好啦！争吵就此打住吧。多没意思。当务之急是，咱们拿这个人怎么办？就这么抛下他不管不顾的话，真的会冻死的。多可怜啊！他一定是非

常想见小照吧？看他每天都在这片竹林里走走寻寻，结果却落得这么个下场，这也太可怜了。这个人还是非常有诚意的。”

“说什么呢，就是个傻瓜而已。都一大把年纪了，还追着一只小麻雀到处乱跑，不是傻瓜能是什么呢？”

“你别这么说嘛。那个，咱们让他们见上一面吧，小照好像也很想见这个人呢。只可惜，她舌头被拔掉了，说不出话来。就算告诉她这个人在四处寻找她，她也只能躺在竹林深处以泪洗面。这个人自然是可怜，可小照也很可怜啊。咱们替他们想想办法吧。”

“大家伙都愿意想办法让他们见上一面的，对吧？”

“就是，就是。这种小事就交给我来办吧。这事儿得求神明。要是不讲什么道理，只为想方设法帮助他人，那么最好的办法就是祈求神明的帮助，这是我爷爷教我的。

据说，这种时候，无论什么事情，神明都会帮忙实现的。好了，大家伙在这儿等着我，我这就求镇守森林的神明去。”

忽然间，“老爷子”苏醒过来。他发现自己躺在一间用竹子搭成、很是整洁的房间里。他起身四下张望了一番，只见隔扇被轻轻拉开，一个身高两尺左右的人偶走了进来。

“哎呀，您醒啦？”

“是啊，”“老爷子”自然大方地笑着问道，“这是哪儿？”

“这是麻雀客栈。”这位可爱得跟人偶似的女孩，端庄地坐在老爷子面前，眨动着圆滚滚的眼睛回答道。

“这样啊。”“老爷子”平静地点了点头，“那么，你就是那只被拔掉舌头的小麻雀吗？”

“不是的，小照正在里间躺着呢。我叫小铃，是小照最要好的朋友。”

“是吗？这么说来，那只被拔掉舌头的小麻雀是叫小照？”

“是的。她可善良了。您快去看看她吧。她好可怜，说不出话来，每天以泪洗面。”

“我这就去看她。”“老爷子”站起身来，“她在哪儿躺着呢？”

“我给您带路。”

小铃拂了拂长长的衣袖，站起身子，走到檐廊上。

为了避免滑倒，“老爷子”在由青竹竿铺就的狭窄檐廊上小心翼翼地走着。

“就是这儿，请进吧。”

在小铃的带领下，“老爷子”来到一间靠里的屋子。这间屋子十分敞亮，屋前有个院子，院子里长满矮竹，其间有一湾浅浅的清流飞快地流淌着。

小照平躺着，身上盖了一条红色的小绢被。她是一只比小铃更为高雅、秀气的人偶，只是脸色稍显苍白了些。她瞪大眼睛怔怔地看着“老爷子”，眼泪簌（sù）簌地往下滚落。

“老爷子”在她的枕边盘腿而坐，一言不发地看着院中潺（chán）潺流动的那道清流，小铃则悄悄地离开了。

相见两无言，无声胜有声。“老爷子”轻轻地叹了口气。不过，这并不是出于忧郁而发出的叹息。“老爷子”有生以来第一次感受到了内心的安宁，正是心中的安宁带来的喜悦，化作了一句轻叹。

这时，小铃不声不响地端来酒肴，说了句“请慢用”，随后便离开了。

“老爷子”斟了满满一杯酒，一口喝完，又望向院子里的那道清流。“老爷子”不是好酒之人，所以只喝了一杯，就醺醺然有了醉意。他拿起筷子，夹起一块竹笋吃了下去，味道无比鲜美。不过，“老爷子”食量不大，才吃了这么一点，就放下了筷子。

小铃拉开了隔扇，进来给他续酒，还端来了一些别的菜肴。她在“老爷

子”跟前坐了下来。

“再来一杯如何？”她向“老爷子”劝酒道。

“不，我已经喝够了。不过，这真是好酒啊！”他这可不是客套话，而是不假思索脱口而出的真心流露。

“还合您的口味吗？这是竹叶上的甘露。”

“味道好极了。”

“啊？”

“味道好极了。”

躺在一旁的小照听着“老爷子”和小铃的对话，露出了微笑。

“您看，小照笑了呢，是想说点什么吗？”

小照摇了摇头。

“说不出话也没关系的，对吗？”

到了这里之后，“老爷子”还是第一次面对着小照说话。

小照眨巴着眼睛，高兴地点了两三下头。

“那么，我就告辞了。我会再来的。”

小铃十分惊讶，没想到这个客人如此冷淡：“哎呀，您这就要回去了？您在竹林里四处寻找，最后还差点冻死了。今天好不容易见上面了，可您却连一句温柔体贴的话都没说。”

“温柔体贴的话就算了，我实在是说不出口。”

“老爷子”苦笑道，站起身来。

“小照，这样没关系吗？就这样让他回去？”小铃慌慌张张地询问小照的意思。

小照笑着点了点头。

“你们两个啊，还真是同一个鼻孔出气呢。”小铃忍不住笑出声来，“那么，欢迎您再来哦。”

“我会的。”老爷子一本正经地回答道。

正当他想要离开屋子时，突然又停下脚步，问道：“这儿是什么地方呢？”

“竹林里。”

“是吗？没想到竹林里竟有一幢如此奇妙的房子。”

“有的。”小铃与小照相视而笑，“不过，普通人是看不见这个地方的。只要您在竹林的入口处，像今天一样趴在雪地上，我们就会随时将您领到这儿来的。”

“那就谢谢了。”他不假思索地说着，走到了由青竹竿铺成的檐廊上。

接着，在小铃的带领下，他又回到了刚才那个整洁的客厅，只见里面摆着大大小小的竹条箱。

“您难得来一趟，我们也没能好好招待您，真是不好意思。”小铃一本正经地说道，“这些竹条箱里装的都是麻雀之乡的特产，请您从这些竹条箱中随意挑一件中意的带回去吧，虽然这可能会给您造成负担。”

“那种东西，我不需要。”

“老爷子”满脸不高兴地嘟哝道。眼前这些竹条箱，他看都不看一眼。

“我的鞋子在哪里？”

“您这就为难我了，请带一件回去吧，”小铃带着哭腔说道，“要不等会儿小照会怪我的。”

“她才不会生你的气，那孩子绝对不会怪你的，这我是知道的。不过，我的鞋子在哪里？我应该是穿了一双有点脏的雪地草鞋来的。”

“哦，那已经扔掉了，您就赤脚回去好了。”

“怎么能这样呢？”

“那您就带一件特产回家啊。您就行行好，求您了。”小铃恳求道。

“老爷子”苦笑着，瞥了一眼屋子里摆放的竹条箱：“每一只都那么大，太大了。我讨厌带着行李上路。有没有可以揣在怀里的小件特产？”

“您这个要求就有点强人所难了。”

“那就算了，我回去了。赤着脚也没关系。”“老爷子”说着，一副抬腿就走的样子。

“您稍等一会儿，就一会儿。我去问问小照。”小铃慌慌张张地跑进里间，没过多久，她的嘴里衔着一株稻穗飞了出来。

“给，这是小照的发簪（zān）。您可别忘了小照哦。一定要再

来啊！”

说话间，“老爷子”忽地醒了过来，人已站在竹林的入口处。

“老爷子”心想：“什么呀？原来是在做梦啊！”

可他的右手里确实握着一株稻穗呢。寒冬腊月，稻穗是很少见的。那株稻穗就像玫瑰花一样，散发着淡淡的清香。

“老爷子”小心翼翼地把它带回了家，并插进了书桌上的笔筒里。

“啊呀，那是什么玩意儿？”“老奶奶”正在屋里做针线活，但她十分眼尖，一眼就发现了那株稻穗。

“稻穗。”“老爷子”用含糊不清的语气说道。

“稻穗？在这个时节还有稻穗，可真是稀罕啊！从哪儿捡来的？”

“不是捡来的。”老爷子低声说着，翻开一本书，默读起来。

“你说奇怪不奇怪？这阵子，你每天在竹林里瞎转悠，回来后就一副精神恍惚的模样。今天倒是眉开眼笑的，还带回来这么个玩意儿，而且特意把它插在笔架上。说，你是不是有什么事儿瞒着我？如果不是捡到的，那又是从哪儿得来的？你就不能如实地告诉我吗？”

“这是我从麻雀客栈带回来的。”

“老爷子”一脸不耐烦地丢出这么一句。

可光是这么一句话，又怎能令“老奶奶”就此罢休呢？“老奶奶”不依不饶地连连发问，步步紧逼。不会说谎的“老爷子”只好将自己的离奇经历和盘托出。

“呵，这种事你倒是编得像真的一样。”“老奶奶”听罢，惊诧之余，反倒笑出声来。

“老爷子”不再搭理她，他托着腮帮子，两眼直勾勾地盯着书本看。

“你以为我会相信这种无稽之谈吗？很明显，你在胡说八道。我知道，就因为前些日子，对，前些日子，就是从那个年轻姑娘来了之后，你就变了个人似的，老是一副心神不定的样子，还时不时地长吁短叹，就跟丢了魂似的。那个姑娘到底住在哪儿？不会就住在竹林里吧？我才不会上你的当呢。说什么竹林里有座小房子，小房子里有跟人偶一样可爱的小姑娘。呵呵，你想用哄小孩的伎俩来骗我，根本不可能！想要证明你说的是真话，那就下次去的时候，带一只那边的特产竹条箱什么的回来给我看看。做不到吧？因为那纯粹就是瞎编乱造的鬼话。要是你从那个不可思议的地方背只大竹条箱回来，以此作为证据，我就相信你。可你却带回来一株稻穗，还说是那个人偶的发簪。哼！亏你说得出口！”

“我讨厌带着行李上路。”

“啊，是这样啊！那么，我替你去拿吧，怎么样？你不是说了吗？只要在竹林的入口处趴着就行了，对吧？我去你不介意吧？你不会感到为难吗？”

“你想去就去好了。”

“哈，脸皮可真厚啊！明明就是骗人的，还说什么‘你想去就去好了’。那我真的去了。怎么样？”

说完，“老奶奶”不怀好意地微微一笑。

“看来，你是想要那竹条箱吧？”

“是啊，是啊！反正我就是个贪得无厌的女人。我就想要那个特产。我这就出门，然后背一只最大最重的竹条箱回来。呵呵。尽管有些傻，但我还是去一趟吧。因为我特别不喜欢你这种满不在乎的自大模样。我马上就会把你这个伪圣人的面具给撕下来。只要在雪地上趴着，就能到达麻雀的住处？哈哈哈，真是太傻了，但我就听你一回，试着去一趟看看。等

下你要是追着我，跟我坦白说那其实都是骗人的，我可不会搭理你的。”

话说到这份儿上，“老奶奶”也就不好再不出门了。她收拾好做针线活的工具后，便穿过院子，踩着积雪朝竹林走去。

黄昏时分，“老奶奶”背着又大又重的一只竹条箱，趴在雪地上，浑身冰冷。看样子是竹条箱太重，压得她无法起身，就这样被冻死在了雪地里。据说，竹条箱里装满金光璀璨（cuǐcàn）、耀眼夺目的金币。

不知道是不是托了这些金币的福，“老爷子”没多久就步入了仕途，而且步步高升，最后竟当上了宰相。人们都叫他“雀大臣”，并纷纷传言他之所以能一路高升，完全是因为以前疼爱小麻雀的善举。可“老爷子”每次听到这样的恭维话，都会微微苦笑道：“不，这都是托了我妻子的福。我能有今天，她可吃了不少苦。”

噼啪噼啪山

据说，这个故事发生在甲州地区[①]，富士五湖之一的河口湖湖畔，也就是现在的船津后山一带。

传闻，有一只丑陋的狸猫被一位老爷爷抓住后，差一点就被炖成了狸肉大酱汤。就在那危急时刻，狸猫为了再看一眼自己喜欢的兔子少女，垂死挣扎，总算逃过一劫，回到了山里。他徘徊在山路间，嘴里叨叨咕咕的，四处搜寻着兔子的踪影。转悠好一阵子后，总算是让他找着了。

“嘿，为我高兴吧！我捡回了一条命呢！我是趁着老头不在家的时候，使尽了浑身解（xiè）数，狠狠地抓伤了那老太婆才得以逃生的。老天真是待

① 甲州地区：日本古代令制国之一的甲斐国的别称，即如今的山梨县一带。

我不薄啊！”

狸猫口沫飞溅地讲述着这次死里逃生的经历，眉眼间溢满了得意之色。

为了躲开唾沫星子，兔子连忙身姿轻捷地跳到一边，一副事不关己的样子。兔子听完狸猫的一顿吹嘘后，说道：“我有什么可高兴的？这跟我又没有关系。而且你说话别乱喷口水好不好？很脏的！再怎么说，那老爷爷和老奶奶还是我的朋友呢。你难道不知道吗？”

“有这回事吗？”狸猫一脸惊愕（è）地说，“我确实不知道啊。你原谅我吧。要是我早知道的话，管它狸肉

大酱汤还是啥的，我都随他们高兴，任凭他们处置了。”

狸猫顿时像泄了气的皮球。

“事到如今，说这话已经晚了。我每次去他们家玩，他们都会给我吃好吃的嫩豆子呢。这事儿你不也知道吗？可你却睁着眼睛说瞎话，真是太过分了！你就是我的仇人！”兔子冷酷无情地表明了立场。

此刻，兔子少女已经谋算起对狸猫的复仇计划。就像希腊神话中的未婚少女之神阿尔忒弥斯一样，兔子少女的报复心极强，尤其是在知道狸猫对她有非分之想后。纯洁少女一旦被勾起怒火，行事作风可是狠辣无比的，特别是对脑袋不灵光的蠢家伙，更是不留半分情面。

“你原谅我吧。我是真的不知道。我没骗你。你相信我吧！”

狸猫死乞白赖地恳求兔子原谅，还把脖子伸得老长，凑到她跟前，并低下头来。就在这时，他发现了一旁树上掉下的一颗果子，二话不说，立马捡起来吃了。吃完，眼珠子还滴溜溜地四处张望，看看还有没有。与此同时，嘴里嘟囔着：“说真的，惹你这么不高兴，我都想一死了之。”

“说什么胡话，明明满脑子都想着吃！”兔子极其轻蔑（miè）地把头一扬，转过身去，“你不仅猥琐（wěisuǒ），还贪吃，真是无可救药！”

“你原谅我吧，我都饿得前胸贴后背了。”他一边继续在附近寻觅（mì）着，一边说道，“真希望你能明白此刻我内心的苦楚。”

“我警告你，别靠近我！你身上臭烘烘的！离我远点！我可都听说了，你吃蜥蜴（xīyì）来着。还有，太可笑了，听说你还吃粪便。”

“怎么可能？”狸猫无奈苦笑道。

不知为什么，他似乎又没法坚决地否定，只是歪着嘴说：“怎么可能呢？”语气比刚刚更加无力。

“你别在那假装斯文，你身上的气味，可不是一般的臭！”兔子不留情面地下了结论。随后，像是有了什么好主意一般，她突然两眼放光，顶着一张憋笑的脸，转向了狸猫。

“那么，我就原谅你这一次。喂！不是警告过你不准靠近我吗？我可不会掉以轻心的。能不能把口水擦一擦？瞧你那下巴，黏糊糊的。冷静点，仔细听我说。我就网开一面，饶了你这一次。不过，是有条件的。那位老爷爷因为老奶奶受伤，现在肯定是无精打采的，估计连上山砍柴的力气都没有了。要不，咱们砍点柴，给他送去？”

“咱们？你也一起去吗？”狸猫一双浑浊的小眼睛闪动着喜悦的火焰。

“你不愿意吗？”

“怎么会呢！咱们现在就走吧。”狸猫一激动，嗓子都哑了。

“明天吧，明天一大早。今天你肯定又累又饿。”兔子的语气异常温柔。

“太好了！我明天会多做一些便当，再砍上十捆柴火，给老爷爷家送去。这样的话，你一定会原谅我的，会跟我好好相处的，对吧？”

“真啰唆！那要看你明天的表现了，没准我会好好待你。”

狸猫突然“嘿嘿嘿”地阴笑着：“你这话我爱听，以后要让你受累了。我实在是，我……”

话说到一半，一只大蜘蛛往他这边爬了过来，他一张口就给吞进了肚子里：“我实在是太高兴了，高兴得想号啕大哭一场。”

说完，他不住地吸着鼻子，假装哭了起来。

夏日的清晨凉爽怡人。河口湖的湖面上晨雾弥漫，目光所及之处烟笼雾罩，到处是白茫茫的一片。山顶上，身披朝露的狸猫和兔子，正卖力地砍着柴。

瞧狸猫干活儿的样子，这哪里是砍柴，分明是卖惨啊。只见狸猫一边煞（shà）有介事地嚷着“嘿哟——嘿哟——”，一边大力地挥舞着镰刀，时不时地还故意大声发出“啊，好疼，好疼……”的惨叫。他这般不遗余力地胡闹作秀，就是为了在兔子面前表现自己在多么辛苦地卖力干活。

折腾了好一会儿后，狸猫露出一副累得快要死掉的表情，把镰刀扔到一边说道：“你瞧，我手上都磨出水泡了。啊，这手火辣辣的疼！喉咙好干，肚子也好饿，刚可是干了重体力活儿的。咱们休息一下吧，我把便当打开来吃了吧，嘿嘿嘿。”

他脸上露出一丝诡秘的笑容，像是感到难为情，然后打开了和石油罐大小差不多的便当盒，把鼻子凑了进去，“咕嘟咕嘟”“嘎吱嘎吱”“吧唧吧

唧”地发出各种嘈杂的声响，吃得那叫一个聚精会神。

这一幕把兔子看愣了。她停下手里的活儿，朝那便当盒里瞥了一眼，随即“啊”地暗叫一声，用双手捂住了脸。也不知那便当盒里都装了些什么，不过隐约觉得是很不得了的东西。然而，今天兔子似乎心里藏着什么不可告人的秘密，她不像往常那样言辞犀利地针对狸猫，而是从刚才开始就一言不发，只是巧妙地在嘴角挂着刻意的微笑，一个劲地砍着柴。对于得意忘形的狸猫做出的种种疯狂举动，她只当没看见。虽然往狸猫的便当盒里瞅的时候吓了一跳，但她还是沉默不语，只是耸耸肩，接着砍柴。

狸猫也发现兔子今天对他格外宽宏大量，心里不禁高兴起来，心想：“她是被我帅气的砍柴姿势给迷住了吧？我的男子汉气概啊，没有哪个女孩能抵挡得住。”啊，吃饱了，就想睡觉。那就睡一下吧。于是，狸猫全身顿时松垮下来，就这么自顾自地睡着了，还呼噜呼噜地打起鼾（hān）来。睡着睡着，好像还梦到了什么，说了一堆让人摸不着头脑的梦话，什么用药啦、那可不行、不管用之类的。等他醒来时，已经中午了。

“你睡了好久啊。”兔子依旧温声细语的，“我砍好一捆柴了，现在就背着送到老爷爷家的院子里去吧。”

“嗯，就这么办吧。”狸猫伸了一个大大的懒腰，又挠了挠手臂，“肚子好饿，饿着肚子怎么能睡得安稳？我对这种事可是很敏感的。”狸猫用一副理所当然的表情说道，“那我也赶快把砍好的柴都整理好，准备下山吧。

我的便当已经空了，是该赶紧给手头的活儿收个尾，找吃的去了。”

于是，他们各自背上砍好的柴火，踏上了归途。

“你走前面吧。这一带有蛇，我害怕。”

“蛇？蛇有什么好怕的，见一条我就抓来……”狸猫刚想说“抓来吃掉”，但话到嘴边又憋了回去，补充说，“我就抓来处理掉。来吧，跟在我身后。”

“果然，这种时候有个男人还是挺有安全感的。”

“别这样夸我了。”狸猫扬扬得意地说道，“你今天异常温柔，让我有点不适应。你该不会是要把我带到老头儿家，把我炖成狸肉大酱汤吧？哈哈哈。唯独那事儿，我可依不了你。”

“瞧你这话说的，你要是这么疑神疑鬼的话，就算了。我一个人去就是了。”

“别啊，我不是那个意思。我和你一起去，管它蛇啊，还是别的什么，这个世上就没有我害怕的东西。不过，唯独那老头儿让我发怵（chù），因为他扬言要把我炖成狸肉大酱汤。我才不要呢，这实在是太野蛮了！所以说，我只把这柴火背到他院子跟前的那棵朴树那儿，之后就麻烦你搬进去了，我就到那儿为止。一看到那老头儿的脸，我心里就有种说不出的不痛快。咦？怎么了？这是……有些奇怪的声音呢，这是怎么回事儿？你听见没？总感觉听到了‘噼啪、噼啪’的响声。”

“这不是很正常吗？这儿可是‘噼啪噼啪山’啊！”

“噼啪噼啪山？你说这儿吗？”

“对啊，你不知道吗？”

“嗯，我不知道。我到今天才知道这座山叫这个名字。不过，这名字真奇怪，你没骗我吧？”

“哎呀，山不都有名字的嘛！比如富士山呀，长尾山呀，大室山呀，每座山不是都有名字的吗？所以，这座山就叫作‘噼啪噼啪山’呀。你听，就是

‘噼啪、噼啪’的声音。”

“嗯，听到了。不过，好奇怪啊。我以前从来没在这座山上听到过这样的声音。我在这座山里生活也有三十多年了。但是这种……”

“哎哟，你已经这把年纪了呀！前几天你不是告诉我你才十七岁吗？真可恶。瞧你这脸蛋皱皱巴巴的，腰板也挺不直，我还纳闷来着，怎么才十七岁就成这样了？但我怎么也没想到，你居然瞒报了二十岁。这样说的话，你都将近四十岁了吧。呵，你还真是老大不小了呢。”

“不，我是十七，是十七岁。我弯着腰走路绝不是因为上了年纪。我是因为肚子里空空的，自然而然就变成这副模样了。我说三十多年，那是在说我哥。因为我哥哥老把‘三十多年’这几个字儿挂在嘴边，所以我下意识

地就说溜了嘴。也就是说，我被他给传染了，就是这么一回事儿，你明白了吗？”

狸猫口不择言，连说话的语气也顾不得了。

“是吗？”兔子冷静地说，“可是，你有哥哥这件事，我还是第一次听说呢。有一次，你不是对我说‘我好寂寞，好孤独，我没有父母，也没有兄弟姐妹。这种孤独寂寞，你是不会了解的’，那些话又是什么意思？”

“是的，是的，这个世界是很复杂的，很多事情三言两语说不清楚。这哥哥嘛，有时候是有，有时候又没有……”狸猫都不知道自己在说些什么了。

“这都是什么嘛。”狸猫的话让兔子一头雾水，“你说得也太混乱了！”

“嗯，实际上，我是有个哥哥的。只是这事儿实在是难以启齿，因为他是个无酒不欢的大无赖，让我觉得很丢脸，没脸见人。出生三十多年来，哦，不，不是我，是他。他出生三十多年来，净给我添麻烦，简直是麻烦制造者。”

“这也不对啊。你不是才十七岁吗？你哥哥怎么就麻烦了你三十多年呢？”

狸猫假装没听到兔子的疑问：“这个世界上，有很多事情是没法一语道破的。现在啊，我已经当他不存在，跟他断绝关系了。咦？怎么回事儿？怎么有股烧焦的煳味儿？你闻到了吗？”

“没有。”

“哦，是吗？”狸猫平常总是吃些臭烘烘的东西，所以对自己的鼻子没有信心，满脸疑惑地歪着脖子，“难道是我的错觉吗？不对不对，这不是着火时发出的那种‘噼里啪啦’‘毕毕剥剥’的响声吗？”

“那不是很正常吗？这儿本来就是‘噼里啪啦毕毕剥剥山’嘛。”

“你骗人，你刚才明明说这儿是‘噼啪噼啪山’来着。”

“没错啊，即便是同一座山，不同的地点，名字也各有不同的。富士山的半山腰就有一座叫小富士的山，还有大室山啦，长尾山啦，不都跟富士山相连的吗？你不知道吗？”

“嗯，我还真不知道这儿叫作‘噼里啪啦毕毕剥剥山’。我这三十多年来……哦，不，是依照我哥的说法，这儿不就是后山嘛。哎呀，怎么热起来了？该不会要地震了吧？今天真不太对劲，让人心里发慌。哎呀，好烫啊！呀！烫——烫——好烫！救救我！柴火烧起来了！烫死个人啊！”

第二天，狸猫在自己的巢穴深处缩成一团，发出阵阵痛苦的呻吟声：“哎哟哟，好难受！我是快要死了吧？仔细想想，再也没有比我更不幸的人了。就因为我长得英俊，女孩们觉得自愧不如，不愿和我做朋友。由此可见，长得斯文的男生不受欢迎啊。说不定，女生们还以为我讨厌她们呢。什么嘛，我可不是圣人，我是不讨厌女生的啊！可女生们似乎认定了我是个清

高的理想主义者，就是不愿意和我做朋友。事情到这地步，不如大大方方地说出来‘我想和女生做朋友’。啊，好疼，好疼！这烧伤可真够我受的。伤口像针扎一样，一阵一阵地抽疼。本以为自己命大，躲过了被炖成狸肉大酱汤的厄运，这下倒好，又踏进了莫名其妙的‘噼里啪啦毕毕剥剥山’。这是天要亡我啊！那是什么破山啊，柴火居然自个儿毕毕剥剥地烧起来了，真是害死人不偿命！我这三十多年……”他话说到这里突然停下，眼珠子骨碌碌一转，对四周一阵扫视后，才接着说下去，“有啥好隐瞒的。我今年已经三十七岁啦，嘿嘿。不行吗？再过三年就四十岁了。这是天经地义的事情，这不明摆着的嘛。啊，疼疼疼！打我出生后，我在那后山摸爬滚打了三十七年，可从来没遇到过这么倒霉的事情。什么‘噼啪噼啪山’啦，‘毕毕剥剥山’啦，光听名字就古里古怪的。呵呵，真是莫名其妙！”

狸猫敲打着自己的脑袋，愣是想不出个所以然来。

这时，外面传来了小贩的叫卖声：“仙金膏，专治烧伤、刀伤、黑皮的仙金膏，有没有需要的？”

治烧伤和刀伤当然好，但都不如治黑皮让狸猫更心动。

“喂，卖仙金膏的！”

“哎，是哪位喊我？”

“这边，在洞里呢。你这药膏对皮肤黑也管用吗？”

“效果看得见，擦一天就见效。”

“吼吼！”狸猫听了非常高兴，便从洞里钻了出来，“呀！你，你是兔子！”

“是的，我是兔子，这不假，但我是卖药先生。我在这一带四处吆喝叫卖也有三十多年了。”

“呃，”狸猫叹了口气，歪着脖子，一脸怀疑，“不过这世上还真有长得如此相似的兔子啊。三十多年吗？就你吗？算了，年龄的话题到此为止，无聊得很，让人感到心烦不是吗？算了，就是这么一回事儿。”

他前言不搭后语地给糊弄了过去，接着说道：“对了，你能卖点儿那个药给我吗？我正为此事犯愁呢。”

“天哪，你烧伤好严重啊！这可不行，若是放任不管的话，可是会送命的呀！”

“不，我干脆死了算了。这种烧伤什么的，我才不在乎呢。我更在意的是，我现在的容貌……”

“瞧你这话说的，现在正是生死关头啊。哎哟，这背上的烧伤啊，更加危险！你到底是怎么搞成这样的？”

“事情是这样的，”狸猫歪着嘴说道，“我一脚刚踏进那座叫作‘噼里啪啦毕毕剥剥山’，话说这名字还真是令人讨厌，结果就着火了，真是吓死我了。”

兔子听了，不由得窃笑起来。

狸猫不知道兔子为什么笑，反正自己也跟着“哈哈哈”地笑了起来：“真是倒霉。但是你别只当是一个笑话，一笑而过。我奉劝你，那座山可万万去不得！一开始，是叫‘噼啪噼啪山’，后来就变成了‘噼里啪啦毕毕剥剥山’。那座山可不得了，去了会出大事的。顶多走到噼啪噼啪山一带就算了，一旦不小心踏进了‘毕毕剥剥山’，就会落得这种下场。啊！疼，疼，疼！听清楚了吗？这可是忠告哦！你还年轻，要听老人言，不，我也算不得老人。反正绝不能把我的话当耳旁风，请尊重一下我这个朋友的忠告。毕竟这是我这个过来人的肺腑之言。啊！疼，疼，疼……”

“多谢了，我会小心的。不过，这药怎么说呀？得了，为了感谢你给我提出如此宝贵的忠告，我就不收你药钱了。来，我先给你背上的患处上药吧。这得亏我赶上了，如若不然，你可能就一命呜呼了。这也许是冥冥之中自有天意，你我真是有缘啊！”

“说不定真是缘分呢。”狸猫呻吟着说，“既然不要钱，那就麻烦你帮我涂上吧，刚好这阵子我穷得叮当响呢。没办法，最近的钱总是不够花。你先把那药膏挤一点在我手心里，给我瞅瞅行吗？”

“你要做什么？”兔子露出不安的表情。

“不，哈哈，没什么，我就是想看一眼罢了，想看看这药是什么颜色的。”

“颜色跟其他药膏没什么不同，它是这样的。”兔子把少量药膏挤在狸猫伸出的手掌上。

狸猫不假思索地就要往脸上涂，兔子见状大吃一惊，生怕被狸猫发现这个药膏的真实配方，连忙拦住了狸猫的手。

“呀，那可不行！这个药膏涂在脸上的话，过于刺激，万万不可！”

“不，你放手！”狸猫已然是破罐子破摔了，“你行行好，把手拿开。你不会懂的，你不会明白，就因为长得黑，打我出生后这三十多年来，我受了多少委屈，吃了多少苦头啊！放手，把手拿开。求求你了，就让我涂吧！”

狸猫一脚踢开了兔子，麻利地在脸上一通乱抹：“我自认长相并不差。可唯独皮肤黑这一点，让我感到很自卑。不过现在没事了。哇！这药真得劲儿，脸上火辣辣的，真是药效强劲啊！不过，如果不是这种强效药的话，还真治不好我这皮肤黑的毛病。哇，真得劲儿！不过，我会挺住的。等着瞧吧，下一次她见到我时，定要让她被我的样子惊呆！哈哈，到那时，就算她对我日思夜想，我也不会理会她，那可不是我的责任。啊，这脸火辣辣地疼！这药确实有效。来吧，既然如此，背上也好，哪儿都好，你帮我涂满全身吧。我就算疼死了也在所不惜，只要皮肤能变白，死了也值得。来吧，给我涂上吧！别客气，放手涂吧！”

那场面岂止是“悲壮”二字能够形容的！

不过，美丽、高傲的少女心狠起来，就跟恶魔没什么两样。兔子面不改色地站起身来，把用辣椒调配而成的药膏厚厚地涂抹在狸猫的烧伤处，狸猫立刻疼得在地上乱滚起来。

“嗯，我没事。这个药确实有效。哇，太得劲儿了！快给我水！这是哪儿啊？地狱吗？请饶恕我吧！我可没做过要下地狱的坏事啊！我只是不想被炖成狸肉大酱汤，才伤害老婆婆的。我没做伤天害理的事啊！这三十多年来，就因为我长得黑了些，人们从不正眼瞧我。我顶多就是食量大了些，啊，好疼！因为这些，我每天都厚着脸皮苟延残喘。没有人明白我的心情，我好孤独。我是个好人呀！我觉得自己的长相并不难看呀！”

狸猫疼得死去活来，嘴里叽里咕噜地说些可怜兮兮的胡话，不一会儿就浑身没劲儿，昏死过去了。

奄奄一息的狸猫在洞里躺了三天，一条小命游离在阴阳边界，生死难料。到了第四天，一阵强烈的饥饿感袭来，他只好拄着拐杖，蹒跚（pánshān）地爬出洞来，嘴里叽叽咕咕着，踉踉跄跄地四处寻觅着食物，看上去十分凄惨。不过，他的身子骨倒是很硬朗，不消十日就痊愈了，食欲也一如既往的旺盛。

真是好了伤疤忘了疼！没几天，他又恬不知耻、屁颠屁颠地前去兔子的住处了。

“我又来找你玩啦。嘿嘿。”狸猫先是羞红了脸，而后又露出古怪的笑容来。

“哎呀！”兔子叫道，脸上露出毫不掩饰的厌恶之色，仿佛在说：“不会吧，怎么是你这家伙？”

不，应该比这还要狠毒：“什么情况？怎么又来了？脸皮可真厚！”

不，应该比这还要更加狠毒：“啊，真受不了，瘟神又来了！”

不，比这还要更狠毒：“脏不拉几！臭得要命！去死吧！”

总之，此刻兔子的脸上清清楚楚、明明白白地写着四个大字：“深恶痛绝”！

尽管兔子“哎呀”地惊叫了一声，并摆出了厌恶的神情，可狸猫却浑然不知。在狸猫看来，兔子发出的那声“哎呀”饱含对自己突然造访的惊喜。她下意识发出的少女天真烂漫的嗓音，令狸猫内心的兴奋和激动之情如同决了堤的洪水，哗哗啦啦地倾泻而出。而兔子皱着眉头的表情，他理解为是兔子在为自己前些日子于‘毕毕剥剥山’遭逢大难而感到心痛。

“啊，谢谢你！”兔子分明没半句嘘寒问暖的话，可他却自顾自地道起谢来，“不用担心啦，没事儿。我可是有神明护佑的，运气好着呢。那‘毕毕剥剥山’就好比是河童之屁[1]——不足挂齿。听说河童的肉倒是很好吃，我正琢磨着搞来尝一尝呢。啊，这是题外话了。不过那会儿，倒真是吓得我一个激灵啊。那火势真猛啊。你后来怎么样啊？看样子你没受什么伤嘛。你

① 河童之屁：日语里用来形容微不足道的事。因为即便水中的河童放屁，也不过是咕嘟一下冒个气泡而已，毫无危害、气势可言。

能从那场大火里安然无恙（yàng）地逃出来，还真挺厉害的。”

“也没有安然无恙啊。”兔子端起架子，闹起了别扭，“你这个人，真是过分，居然把我一个人丢在那可怕的火灾现场，自己先跑了。那烟差点把我给呛死。我恨你！真是要到危急关头才能看出一个人的本性呢。你的真心，我算是看透了！”

“对不起，请原谅我。其实我受了很严重的烧伤，也许根本就没有神明护佑我，要不我怎么会遭此大难？我心里一直惦记着你，但我背上一下子就烧起来了，根本顾不上救你。你能理解吗？我绝对不是那种靠不住的人。烧伤可非同儿戏。再说了，那个仙金膏啦、疝（shàn）气膏啦，压根儿就不管用。哎哟，那些药可太糟糕了，对皮肤黑是一点效果都没有！”

“皮肤黑？”

“嗨，我是说那药膏黏黏糊糊，黑不溜秋的，那药可猛了。有一个跟你长得很像的，身材矮小的古怪药贩子说不收我药钱，我寻思着凡事都应该尝试尝试，就让他给我涂上了。哎呀，总之，不要钱的药膏，你最好也多留个心眼，千万不能大意。那药一涂上，就疼得受不了，我感觉脑瓜顶就像刮起了一股龙卷风，咣当一声，我就晕倒在地上了。”

“哼！”兔子轻蔑地说，“你这不是自作自受吗？你这么小气，你不倒霉谁倒霉？就因为那药膏不要钱，你就试。这种贪小便宜的丢人事儿，亏你说得出口，真是恬不知耻！”

“你这说得也太过分了吧？”狸猫低声说道。然而，他好像并没有不高兴，而是一副因待在喜欢的人身边而幸福洋溢的温情模样。

他一屁股坐下，用一双死鱼般浑浊的眼睛滴溜溜地环顾四周，一边捡起小虫往嘴里塞，一边说道：“不过，我还真是幸运，不管碰到啥事儿，都能逢凶化吉，说不定真有神明护佑着我呢。还好你没事，我也没什么大碍，烧伤也都痊愈了，咱俩还能像这样闲聊。啊，简直像做梦一样！”

兔子早就巴不得送走这个瘟神了，对狸猫的憎恶已经到了让她感到生无可恋的地步。为了能早点让狸猫从自己的住处消失，她又想出一条恶毒的计策。

“喂，这河口湖里有一群美味的鲫（jì）鱼，你知道吗？”

“不知道，是真的吗？”狸猫立刻瞪大了眼睛，“我三岁的时候，老妈曾经捉过一条鲫鱼给我吃，那叫一个美味啊。我呀，不是笨手笨脚的人，但是像鲫鱼那种水里游的玩意儿却抓不来，这绝不是因为我笨手笨脚啊。我只知道那玩意儿味道很好。可打那以后，三十多年来，不，你瞧我，哈哈哈哈，不经意间又模仿起我哥哥的口吻来了，我哥也很喜欢吃鲫鱼。”

“这样啊，”兔子心不在焉（yān）地附和道，“我对鲫鱼什么的没兴趣，不过要是你这么喜欢的话，我可以陪你一起去抓哦。”

“是吗？”狸猫喜笑颜开，“不过，那鲫鱼啊，游起来特别快。有一次为了抓那玩意儿，我差点儿被淹死。”狸猫不小心说漏嘴，把自己过去的丑

兔

事给抖搂出来，“你有什么好办法吗？”

“用渔网捞也不失为一个办法。鸬鹚（lúcí）岛的岸边最近聚集了一群很肥美的鲫鱼呢。怎么样？一起去吧。你会划船吗？”

“这个嘛，”狸猫轻轻地叹了口气，“也不是不会划，只要我想，那还不是轻而易举的事儿吗？”

他吹着牛皮，表情中却夹带着一丝苦涩。

“你会划？”兔子明知他是在说大话，却佯装一副信以为真的样子，“那正好。我呀，有一艘小船，就是太小了，咱俩坐不下。再说了，那船是用很薄的零碎板片随手造的，要是渗水就危险了。不过，我怎么样无所谓，可要是你有个三长两短，那我罪孽（niè）就大了。这样吧，咱俩合力给你再造一艘船吧。零碎板片做的船很危险，咱们用泥土造一艘结实点儿的吧。”

“让你费心了，我感动得要哭了！你就让我哭吧。我怎么这么爱哭呢？”狸猫说着说着就假装哭了起来，“要不你就自己把那结实的船给造了，好不好？求你了。”他蹬鼻子上脸，没脸没皮地提了个无耻的要求，“我会感激你的。你做那条结实小船的时候，我呢，就做点便当吧。我一定会成为一名出色的炊事员。”

“说的也是。”兔子乖巧地点了点头，装作一副爽快答应了狸猫无耻请求的模样。

狸猫见状，心里偷着乐：“啊，还真是事事顺我心意！”然而，他还不知道，就在这一瞬间，自己那悲惨的命运已经注定了。这只笨笨的狸猫并不明白，表面看上去对自己说的话全都信以为真的人，其实内心不知道藏着什么狠毒的计谋呢。他对此一无所知，还认为自己占到便宜了呢，一脸坏笑。

随后，两人来到了湖畔。白茫茫的河口湖湖面平静得像一面镜子，没有一丝波澜。

兔子立刻着手和起泥巴，开始制作起结实的小船。而狸猫呢，嘴里嘟囔着“不好意思，不好意思”四处瞎转悠着，一门心思扑在寻找便当的食材上。

黄昏时分，晚风徐来，湖面上水波荡漾。这时，黏土制成的小船闪耀着钢铁般的光辉，拖着油亮油亮的身子下了水。

“哟，还不错嘛。”狸猫撒欢似的跑了过来，二话不说就把那只堪比石油罐大小的便当盒搬到了船上。

“真没想到，你还是个聪慧能干的姑娘啊！转眼间就造出一艘这么好看的船。真是巧夺天工啊！”

他直白地拍着肉麻的马屁，对兔子大加吹捧，心里的如意算盘打得叮当响：“要是能和这么手巧、能干的姑娘住在一起，说不定以后就可以过上她干活养家，自个儿坐享其成的好日子了。”现在的狸猫更加贪婪了。他暗暗下定决心，不管发生什么事，都要紧紧缠着兔子一辈子。

随后，他“嘿哟”一声坐上了泥船：“你一定是划船的好手吧？我也不

是不懂怎么划船。怎么可能不懂呢？不过，今天我就不炫耀了，我就是想见识一下你的划船技术。”

他越发蹬鼻子上脸，说话的语气变得厚颜无耻起来。

“以前我也曾被称为划船高手、划船达人来着。不过今天呀，我就躺下来见识你的技术吧。没关系，把我这只船的船头系到你那只船的船尾。连船儿们也相亲相爱，紧紧相连，生死与共，不可以抛弃对方哦。”

他说完这些无耻的、令人作呕的话语后，无拘无束、四仰八叉地躺卧在了泥船的底部。

兔子听他说让自己把两条船拴在一起，吓了一跳，难道这个笨蛋有所察觉吗？她偷瞥了一眼狸猫，然而啥事儿也没有，此时狸猫已经面带笑容，进入了梦乡。

“抓到鲫鱼就叫醒我哦，那玩意儿可美味得很呢。我三十七岁了哦。”狸猫嘟嘟哝哝地说着梦话。

兔子不怀好意地哼笑了一声，就把狸猫的泥船拴在了自己的船上，然后用桨“啪”的一声打在水面上。很快地，两条小船便晃悠悠地离开了岸边。

夕阳西下，鸬鹚岛的松林沐浴在灿烂的夕阳余晖中，如同着了火一样红彤彤的。

兔子痴痴地望着鸬鹚岛的夕阳景色，自言自语道：“啊，景色真美！”

“啊！”

突然，兔子的脚下传来一声奇怪的叫喊。原来是我们亲爱的三十七岁男性——狸猫君发出的惨叫：“水啊！是水！这下糟了！”

“吵什么呀！泥做的船嘛，早晚都会沉的，这你都不懂吗？”

“不懂啊，我想不通啊，这不合常情呀！这不可能的！你难道是要把我……不，不可能！你怎么会做出这种残酷无情的事呢？不，我没搞明白，你不是我的朋友吗？哎呀，船要沉了！无论如何，船要沉了是摆在眼前的事实，就算你是在跟我闹着玩，也太过火了。这跟施暴有什么两样？哎呀，要沉了！喂，你为什么要这么做？这样一来，便当不就浪费了吗？这便当盒里还装着裹满黄鼠狼粪便的蚯蚓通心粉呢。太可惜了！啊，噗，呛到水了！喂，你行行好，整人的恶作剧适可而止吧？喂，喂，你可不能割断那条绳子啊！不是说生死与共，咱俩的缘分就像这船缆，斩也斩不断的吗？啊呀！割断了！

救命啊！我不会游泳！我坦白，我以前会游一点，但我到了三十七岁，全身的肌肉都僵硬了，想游也游不动了！我坦白，我的确是三十七岁了，实际年龄和你确实是相差大了些。但是，你得关爱老年人，切勿丢了敬老之心啊！啊，噗，又呛水了！啊，你是个好孩子，是个好姑娘，把你手里的船桨递给我，让我抓住它！哎呀，疼，疼，疼！你干什么？这样很疼的！你怎么能拿船桨敲我的头呢？好啊，原来如此，我算是明白了！你是想杀我啊！我终于明白了。”

狸猫直到临终前一刻，才识破了兔子的恶毒计策，但为时已晚。

“啪”“啪”，无情的船桨落在狸猫的脑袋上。就这样，狸猫在落日余晖映照的湖面上浮浮沉沉。

“啊，疼，疼！你太恶毒了！我到底对你做了什么坏事？我喜欢你有错吗？”

狸猫说完，就咕嘟咕嘟地沉了下去。

兔子擦了擦脸，说道：“嗨，累得我流了一身汗。”

奔跑吧，梅勒斯

梅勒斯怒不可遏（è），他决定要不顾一切地除掉那个暴虐无道的国王。梅勒斯不懂政治，只是一个乡野牧民，每天过着吹笛牧羊的生活，可对于邪恶，他比常人都要敏感。

这日，天还没亮，梅勒斯就动身离开了村庄。他穿过原野，越过山川，来到十里外的锡拉库斯城。他无父无母，也无妻室，与妹妹相依为命。妹妹今年十六岁，性格内向腼腆（miǎntiǎn），很快就要嫁给村里一个老实本分的牧民了。婚礼在即，为了采购新娘的礼服和喜宴的食材，梅勒斯千里迢（tiáo）迢来到了城里。

他把东西采办齐全之后，就在城里的大街上四处闲逛。梅勒斯有一个好朋友，名叫塞利努提乌斯，如今是锡拉库斯城里的一名石匠。现在，他打算去拜访这位朋友。许久未见，他十分期待这次拜访。

然而，走着走着，梅勒斯感觉整条街有点不太正常，这里过于安静，听不见一点动静。太阳已经下山，街上一片昏暗，自然和白天的繁华不能相比，可梅勒斯总感觉这不单单是夜色渐浓的缘故，因为整座城市实在是冷寂得很。纵然是乐观洒脱的梅勒斯，也开始感到不安了。

他在街上随手抓了一个年轻人，问道："发生了什么事？两年前我到这座城里来的时候，即便到了夜里，人们也都在引吭高歌，街上应该是热热闹闹的才对。"

年轻人摇了摇头，没有回答。

又走了一会儿，他碰到了一个老翁，这一次他用更为强硬的语气发问，老翁默不作声。梅勒斯双手抓住老翁的身体摇晃着，又问了一遍。

"国王杀人了。"老翁低声答了一句，生怕被旁人听去。

"他为什么杀人？"

"罪名是心怀歹意。可是，谁都没有那种歹心恶念啊。"

"已经杀了很多人吗？"

"是的，先是国王的妹夫，再是自己的儿子和妹妹，之后又杀了外甥、皇后，还有贤臣阿雷基斯大人。"

"天哪！国王是疯了吗？"

"不，他没疯，他是不相信任何人。这段时间，他甚至开始怀疑起大臣

们的忠心。对于生活稍显奢靡（mí）的，他会命令他们家里交出一名人质，如果违抗命令，就将其钉在十字架上处决。今天已经有六个人被处死了。”

听到这话，梅勒斯勃然大怒：“真想不到国王这么歹毒！绝不能让他活在这世上！”

梅勒斯是个思想单纯的男人。他背上驮着采办好的东西，慢悠悠地进了王城。不一会儿，他就被巡逻的士兵逮捕了。经过检查，士兵从梅勒斯的怀里搜出了一把匕首，这引起了一阵骚动。梅勒斯被带到了国王面前。

“你打算用这把匕首做什么？说！”暴君迪奥尼斯平静又不失威严地质问道。国王脸色苍白，眉间的皱纹很深，像刻上去的一样。

“从暴君手中拯救这座城市。”梅勒斯面无惧色地答道。

“就凭你？真是个不自量力的家伙。”国王冷笑道，“本王的孤独你是不会懂的。”

“得了吧！”梅勒斯怒气冲冲地反驳道，“怀疑人心是最可耻的恶行。国王怎么能怀疑臣民的忠诚呢？”

“怀疑是正当的心理活动，这是你们教我的啊。人心是靠不住的。人类本来就是贪婪自私的，不能相信。”暴君心平气和地低声嘟哝道，随后叹了口气，“其实，我也是希望和平的。”

“和平？为了什么？是为了守住自己的地位吗？”这次轮到梅勒斯嗤笑道，“杀害无辜的人，这算是和平吗？”

“住嘴，贱民！”国王忽地抬起头厉声道，“人能从嘴里说出各种各样的漂亮话，我是彻底看透了人心。倒是你，很快就会被绑在柱子上刺死，到时候你可别哭着向我求饶。”

“瞧呀，国王真是能言善辩。你可以自命不凡，随你的便。我已经做好了赴死的准备，决不向你求饶。只是……”梅勒斯话说到一半，将视线落在脚边，犹豫了一下，“只是，如果你同情我的话，就请在处决我之前再宽限我三天时间。我想让我唯一的妹妹有个丈夫。三天之内，我在村里给她办完婚礼后，一定会再回到这里。”

“荒唐！”暴君用低沉嘶哑的声音笑道，“开什么玩笑！逃走了的小鸟还会再飞回来吗？”

“会，我会回来的。”梅勒斯信誓旦旦地承诺道，“我会遵守诺言。请宽限我三天时间，我妹妹在等我回家。如果你不相信我，可以这样——这座城里有个叫塞利努提乌斯的石匠，他是我最好的朋友，你可以把他作为人质扣押在这里，如果我逃走，到第三天太阳下山之前没回到这里，就请你将我朋友绞死。拜托，请答应我。”

听了这话，残忍暴虐的国王暗自高兴起来。真是大言不惭啊！反正他肯定不会回来。我就假装上了这个骗子的当，先放他离开，这样一来，事情就有趣了。到了第三天，我就杀掉那个顶替他的人。人啊，就是因为这样自私，所以才信不得！我会满脸哀伤地将那个顶替他的男人处死。我要让这世上所谓的忠厚之人好好瞧一瞧。

“你的请求，我答应了。那就把那个顶替你的人召来吧。你得在第三天日落前回来！要是迟了，那个顶替你的人将必死无疑。你最好迟一点再来，那么，我将永远赦（shè）免你的罪过。”

“瞧你这话说的。”

“哈哈！如果想保住这条命，你就迟点再来吧。你的心思，我明白着呢。”

梅勒斯一时间悔恨交加，不禁捶胸顿足，不想再说什么。

就这样，好朋友塞利努提乌斯深夜被召入了王宫。在暴君迪奥尼斯面前，时隔两年未见的好友终于相见了。梅勒斯把发生的一切对朋友和盘托出，塞利努提乌斯沉默不语地点了点头，紧紧地抱住了梅勒斯。朋友之间这样就足够了。然后，塞利努提乌斯被绑了起来，梅勒斯没再多说什么，和朋友道了别之后，立刻出发了。

这是一个初夏的夜晚，夜幕上镶嵌着繁密的星星。

梅勒斯一夜没合眼，匆匆赶了三十里路。当他抵达村子的时候，已经是第二天上午了。太阳高高地挂在天上，村民们也都下田干活了。梅勒斯十六岁的妹妹今天代替哥哥去放羊了。当看到踉踉跄跄地朝自己走来的哥哥一副疲惫不堪的样子时，她惊讶万分，喋喋不休地问个不停。

“没什么。”梅勒斯试图强颜欢笑，“我在城里还有些事情没办完，马上就得过去。明天就为你举办婚礼，免得夜长梦多。”

妹妹一张脸涨得通红。

“高兴吗？我还给你买了漂亮的衣裳。好了，你去通知村里的人吧，告诉他们婚礼明天举行。”

说完，梅勒斯拖着蹒跚的步子走回了家。之后，他开始布置神坛，筹备酒席。不一会儿便倒在地上，陷入了沉沉的昏睡之中，甚至连呼吸声都听不见了。

当他醒来时，已经入夜。梅勒斯立刻去了新郎家，告诉他们因为自己还有一些事情要处理，所以拜托新郎家把婚礼安排在明天。

对此，新郎诧异万分：“那可不行，我们这边什么都没准备呢，等到葡萄成熟的季节再办婚礼吧。”

梅勒斯要求道：“不能再等了，无论如何，请明天一定要举行。”

新郎很固执，一直不肯答应。双方僵持不下，就这样一直争论到了天亮。最后，梅勒斯终于说服了新郎。

婚礼在晌午举行。就在新娘和新郎向神明宣誓完毕时，霎时间乌云压顶，雨滴滴答答地下了起来。没多久，雨势越来越大，狂风呼啸，大雨倾盆。前来赴宴的村民们虽然心中感到不祥，但还是打起精神，在窄小闷热的屋子里欢声笑语、拍手叫好。梅勒斯也是满脸喜色，有那么一会儿，他甚至忘记了自己对国王的承诺。

随着夜幕降临，宴会越来越热闹。大家已经完全忘却了屋外的滂沱（pāngtuó）大雨。此刻，梅勒斯真想一辈子就待在这里，和这些善良的人一起度过余生。可现在这副躯体已经不属于自己，无法得偿所愿。梅勒斯回过神来，整理好思绪后，决定出发。

距离明天日落还有很充足的时间。他想小睡一会儿，然后再动身。到那时，雨或许会变小些。他想在这个家里磨磨蹭蹭地尽可能多待一会儿。纵然是梅勒斯这样的男人，心里也不免会有些不舍。

他走近那位全然沉浸在喜悦中的新娘，对她说道："恭喜你。我累了，想离开这里睡一会儿。醒了我就立刻动身去城里，我有很重要的事情要办。现在你有了一个温柔体贴的丈夫，就算我不在你身边，你也绝对不会感到孤单。你哥哥最讨厌的事情就是怀疑和撒谎，这点你是知道的。所以，无论如何，你和你丈夫之间不要有任何秘密。我想和你说的就是这些。我也算是一个了不起的男人，希望你可以以我为荣。"

新娘迷迷糊糊地点了点头。

接着，梅勒斯拍了拍新郎的肩膀："我们这边也没准备什么。我们家的珍宝，就只有我妹妹和一群羊，除此之外，我们一无所有。现在，我把这些全部交给你。还有一件事，为成为梅勒斯的妹夫而自豪吧。"

新郎害羞地搓了搓手。

梅勒斯笑着向村民们点头致意，之后便离开了筵（yán）席，钻进羊圈

里，倒头便睡。

一觉醒来，已是第二天的黎明时分。梅勒斯忽地跳了起来。糟了！我睡过头了吗？不，还早，从现在开始立刻动身的话，就能在约定的期限前赶到。无论如何，我一定要让那位国王知道人是诚实守信的。到那时，我再笑着登上刑台。梅勒斯从容镇定地整理着行李。雨势似乎有所减弱。准备好之后，梅勒斯挥动着双臂，如一支离弦之箭般冲进了雨中。

今晚我将会被处死。我是为了赴死而奔跑，我是为了救出我的朋友而奔跑，我是为了打败国王的邪恶诡计而奔跑。我必须奔跑。然后，我会被处死。我要用年轻的生命捍卫自己的名誉。永别了，我的故乡！

年轻的梅勒斯心里很难过。好几次，他都忍不住想停下脚步，但他一边奔跑着，一边大声地斥责自己。他出了村子，穿过田野，钻过树林，抵达邻村时，雨已经停了。太阳在空中高高地挂起，气温也渐渐地高了起来。梅勒斯用拳头擦去额头上的汗水，到了这里就没事了，对故乡的依恋到此为止。妹妹和妹夫，一定会成为相敬如宾的夫妇。我现在应该没有任何牵挂才对，只要走回王城就可以了。没必要那么着急，慢慢走吧。

此时的他恢复了往日逍遥自在的天性，用动听的嗓音唱起了喜欢的小曲。当他慢悠悠地走了近十里路，差不多快走到半程时，一场突如其来的灾难让他停下了脚步。

看，前方的河流！昨天的那场暴雨令山上的水源泛滥，浑浊的水流翻滚着向下游汇聚而来，水势之猛，竟一举摧毁了桥梁。凶猛的激流，将桥身冲了个粉碎。

他呆若木鸡地站立在原地，环顾四周后，他声嘶力竭地咆哮着。河面上所有的船只都被巨浪冲走了，连摆渡人的身影也没见着。水流越涨越高，已如汪洋大海一般。

梅勒斯蹲在河岸上号啕大哭，向宙斯[1]举手哀求道："啊，让汹涌的河流平息下来吧！时间在飞逝，现在已经是正午时分了。如果我没能在太阳落山之前赶到王城的话，我的好友就会为我而死。"

浑浊的水流越发激荡汹涌，像是在嘲笑梅勒斯一般。波浪翻腾、冲击着河岸，时间不断地流逝。梅勒斯别无他法，于是下定决心游过这条河。啊，神明们，你们瞧好了！我要让你们见识到爱与真诚的伟大力量，我是不会输给这条浑浊的河流的！

"扑通"一声，梅勒斯跳进了滚滚激流之中，与如百条巨蛇翻滚般的巨浪展开了殊死搏斗。他将全身的力气汇聚到手臂上，拼命地将翻卷着漩涡的浩荡洪流拨开。或许是神明看见了他那勇敢拼搏的模样，生出了恻隐之心，终于垂怜于他。尽管他一直被水流冲击着，但他总算抱住了对岸的一截树干。真是谢天谢地！梅勒斯如骏马般抖动了一下身体，随后又匆匆赶往前方，一刻都不耽误。

---

① 宙斯：古希腊神话中的第三代神王，统治世间万物至高无上的天神，奥林匹斯十二主神之首。

太阳快要落山了。正当他气喘吁吁地爬上山顶，松了一口气时，眼前突然冒出了一伙山贼。

“站住！”

“你们要干什么？我得在太阳落山之前赶到王城。让我过去！”

“那可不行，把你身上所有的财物都给我留下！”

“除了这条命，我一无所有。就连这条命，接下来也要交给国王。”

“我们要的就是你这条命！”

“原来你们是奉国王之命在这里埋伏我的啊。”

山贼们一声不吭，不约而同地举起了棍棒。梅勒斯弯下身体，敏捷一躲，像飞鸟一样向身边的一人袭去，夺走了其手中的棍棒说：“为了正义，对不住了。”说罢，他猛然一击，转眼间就将三人打倒在地，趁其余人畏畏缩缩不敢上前之际，他飞快地往山下跑去。

梅勒斯一口气跑下山，累得筋疲力尽。午后炙热的阳光火辣辣地照在他身上，让他几度感到头晕目眩。这可不行啊。他努力振作精神，跌跌撞撞地走了两三步。但最终，他还是因体力不支跪倒在地，没有力气再站起来了。

梅勒斯抬头看了看天空，心中悔恨交加，竟哭了起来。

“啊，穿越浑浊的河流，击退三个强壮的山贼，一路过关斩将才走到这一步的梅勒斯啊！你是真正的勇者，梅勒斯！可此时此刻，你却累得无法动弹，这实在是太没出息了！你亲爱的朋友因为相信你，很快就要被处死了。

你中了国王的圈套啊！”就这样，他对自己一番痛骂。

可他全身已经使不出一丝力气，甚至连一条青虫都不如。他一骨碌滚到路旁的草地上，身体疲惫不堪，精神萎靡不振。算了吧，无所谓了，一种与勇者完全不符的自暴自弃的情绪在他的心里萦绕。

“我已经竭尽全力了，我丝毫不打算违背自己的承诺。神明明鉴！我一直在倾尽全力往王城赶，一直跑到自己再也无法动弹。我并非背信弃义之人。啊，如果可以的话，我愿意剖开自己的胸膛，让您看看我鲜红的心脏。我想让您看看，这颗只靠爱和信任的血液运转的心脏。然而，在这个关键时刻，我却筋疲力尽了。我是一个极其不幸的男人，我一定会被人嘲笑的，我的家人也会被人嘲笑的。我欺骗了朋友。中途倒下，就等于一切努力付诸东流。啊，算了，无所谓了，或许这就是我的命运吧！请原谅我，塞利努提乌斯，你总是那么信任我。

“我也从未欺骗过你。我们确实是最好的朋友，彼此的心间从不曾笼罩疑云。我相信你还在天真地等着我。是的，我知道你在等待。谢谢你，塞利努提乌斯，你真的很信任我。一想到这，我就心如刀绞。朋友之间的信任是世界上最珍贵的财富。我奔跑了，塞利努提乌斯。我从未想过要欺骗你。你必须相信我！我是匆忙赶到这里的。我冲破了浑浊的激流，挣脱开山贼的包围圈，一口气飞奔下山来到了这里。正因为是我，才做得到啊！哦，不要再指望我了。

“怎样都无所谓了，是我输了，是我过于散漫。你尽管笑吧。国王曾在我耳边低声怂恿（sǒngyǒng）过‘你迟一点来’。他答应我，如果我迟一点再去，他就会杀掉顶替我的人，饶恕我的性命。我痛恨国王的卑鄙无耻，然而，现在看来，我正好遂了他的心意。我恐怕会迟到，国王会暗自高兴，将我无罪释放。那样的话，我会生不如死。我将永远成为一个背信弃义的人，成为世上最可耻的那一类人。塞利努提乌斯啊，我也要去死，就让我和你一起赴死吧！

“只有你才会相信我，一定是这样的。哦不，也许是我太过自以为是了。啊，我要不要干脆当个小人苟且偷生呢？村子里有我的家和羊，妹妹和妹夫总不会把我赶出村子吧？仔细想想，正义、诚实、爱，这都是些虚无的东西。自私自利，不才是人世间的法则吗？啊，这一切都够荒唐的！我将是一个丑陋的背信弃义之徒。不管了，顺其自然，就这样结束吧。”

他摊开四肢，迷迷糊糊地打起瞌睡来。

忽然间，耳边传来潺潺的流水声。梅勒斯微微地抬了抬头，屏住呼吸，侧耳倾听，感觉脚边好像有水在流淌。他踉踉跄跄地站起身子，定睛一瞧，只见岩石的缝隙中源源不断地涌出一股清泉，像在轻声低吟着什么。梅勒斯好像被泉水吸引了，弯下腰用双手捧起水喝了一口。随后，他长长地叹了口气，感觉自己仿佛从梦中醒来。腿有力气了，那就走吧。随着肉体上的疲劳得到缓解，一丝渺茫的希望也在梅勒斯心中燃起。这是履行义务的希望，是舍弃性命、捍卫名誉的希望。

夕阳西下，斜阳将树叶染成一片金红色。树叶在光的照耀下，像一团火焰，十分耀眼。

“离太阳落山还有一段时间。有个人在等我。有个人对我不抱一丝怀疑，就那么静静地等着我。只要他相信我，这条命又算什么呢？但是，如果事情发生了，我再以死谢罪，那就一点用也没有了。我必须回报他对我的信任。现在，我能做的只有一件事：奔跑吧，梅勒斯！

“我在被别人信任着，我在被别人信任着。之前那恶魔般的话语，是个梦，是个噩梦。忘了吧。是我太过疲惫了，才会做那样的噩梦。梅勒斯，你并不可耻，你是如假包换的勇者。这不，你又能站起来奔跑了。谢天谢地！我能为了正义而去赴死。啊！太阳下山了，在一点一点地下沉。等等我，宙斯之神！我生来就是个正直的人，请您让我以一个正直之人的身份而死吧！”

梅勒斯推开路上的行人，横冲直撞地奔跑着，宛如一阵旋风。当他从原野上正在进行的酒宴中穿过时，列席的人都惊呆了。他踢飞了一条小狗，跃过了一条小河，奔跑的速度是太阳下落的十倍。当他倏地与一群过客擦肩而过时，他无意中听到了一段不吉利的对话。

“这会儿，那个男人已经被绑在柱子上受刑了。”

“啊，那个男人！我正是为了那个男人才如此努力地奔跑，我不能让

他死。快，梅勒斯，你不可以迟到！是时候让他们见识见识友情与诚信的力量了。”

此刻的梅勒斯衣服几乎掉光了，哪里还顾得上体面。他甚至连呼吸都感到困难，接二连三地从嘴里吐出鲜血来。他看到了，他隐隐约约地看到对面锡拉库斯城里的小小塔楼，塔楼在夕阳的照耀下熠（yì）熠生辉。

“啊，梅勒斯先生。”一个低吟般的声音随风传来。

“你是谁？”梅勒斯一边跑着一边问道。

“我是菲洛斯特拉托斯，您朋友塞利努提乌斯的学徒。”这位年轻的石匠跟在梅勒斯身后一边跑，一边喊着，“已经来不及了，来不及了！请不要再跑了，您已经救不了他了！”

“不，太阳还没有落下去。”

“现在他正要被行刑。啊，您太迟了，您要是再早一点点就好了！”

“不，太阳还没有落下去。”梅勒斯悲痛地望着那轮又大又红的夕阳，除了奔跑，他别无选择。

“请停下，请不要再跑了。现在，你自己的性命更重要。他一直是相信你的，就算他被带到刑场时，依然镇定自若；就算国王屡次三番地取笑他，他的回答只有一句‘梅勒斯会来的’，他对你一直都抱有坚定的信念。”

“这就是我奔跑的原因。因为被信任着，所以我才要奔跑。重点不是我能不能赶上，也不是能否救他的性命，我是在为更重要的事情而奔跑。跟上，菲洛斯特拉托斯！”

“啊，你疯了吗？既然如此，那你就加油跑吧，说不定还能赶上。跑起来吧！”

说话间，太阳还没有落山。梅勒斯竭尽全力地奔跑着。此时，他脑子里一片空白，就像是有一股莫名的巨大力量在拖着他跑。夕阳摇曳着沉入了地平线，就在残阳消失殆（dài）尽之际，梅勒斯如疾风般冲进了刑场。

终于赶上了！

“住手！那个人不能杀。梅勒斯回来了！正如约定的那样，我回来了！”他本想对着刑场的人群大喊，可他的喉咙破了，只能用嘶哑的嗓音微微地叫出声来。然而，现场根本没人注意到他。行刑的柱子已经高高架起，塞利努提乌斯被绳子绑住，缓缓地吊了起来。目睹了这一幕的梅勒斯，迸发出最后的勇气，像之前突破浑浊的激流一样用手拨开人群。

“是我，刑吏！应该被处决的人是我，是梅勒斯！让他做人质的我，在这里！”

梅勒斯用沙哑的声音竭尽全力地叫喊着。他终于奋力爬上刑台，紧紧地抱住了正在被吊上去的朋友的双腿。

人群顿时沸腾起来，纷纷叫嚷着：“好样的！宽恕他吧！”

塞利努提乌斯身上的绳子被解开了。

“塞利努提乌斯，”梅勒斯眼中含着泪水说道，“你打我吧，狠狠地给

我脸上来一拳吧。我在路上做了个噩梦。如果你不打我，我连和你拥抱的资格都没有了。你打我吧！”

塞利努提乌斯好像明白了什么，点了点头，狠狠地朝梅勒斯的右脸来了一拳，声音大到响彻整个刑场。打完后他微微一笑，说：“打我吧，梅勒斯，你同样响亮地给我一记耳光。在过去三天里，我曾怀疑过你，这是我有生以来第一次怀疑你。如果你不打我，我就无法拥抱你。”

梅勒斯挥动着手臂用力打在塞利努提乌斯的脸颊上。

“谢谢你，我的朋友。”两人不约而同地说着并拥抱在一起。高兴之余，竟放声痛哭起来。

人群中传来抽泣的声音。

暴君迪奥尼斯从人群后面注视着他们二人，随后悄悄地靠近他们，红着脸说道：“你们都不负对方所望。你们彻底征服了我的心。信仰从来都不是空洞的妄想。拜托，请让我成为你们的朋友。请帮我一个忙，让我成为你们的朋友。”

人群中顿时欢声雷动：“万岁！国王万岁！”

这时，一个女孩将一件猩红色的斗篷献给了梅勒斯，梅勒斯有点不知所措。

好朋友体贴地提醒他：“梅勒斯，你可是衣不蔽体呀，赶紧把斗篷给穿上吧，这位可爱的姑娘是不想让大家看到你赤裸着身体的模样啊！”

勇者一张脸顿时涨得通红。

清贫谭

从前，江户城[1]的向岛一带，住着一个叫马山才之助的男人。此人家境极为贫寒，时年三十二岁，是个孤家寡人。他偏爱菊花，但凡听说哪里有上等的菊苗，就算是东凑西借，费尽周章，也要将其据为己有。

时值初秋，当他听闻伊豆的沼（zhǎo）津[2]一带有上等的菊苗之后，便立刻收拾行囊，整装出发了。越过箱根[3]山脉后，他抵达了沼津。在那里，他东寻西觅，四处辗转，总算是买到了一两株上好的菊苗。他用油纸小心翼翼地将菊苗包起来，像宝贝一样呵护着，随即乐呵呵地踏上了归途。

---

① 江户城：日本江户幕府所在地，日本首都东京旧称。

② 沼津：位于日本静冈县东部的中心城市。

③ 箱根：日本的温泉之乡。

途中，他又一次翻越了箱根山脉。当小田原城[1]在他眼前铺展开来时，才之助的身后传来了一阵“嘚嘚”的马蹄声。那声音不紧不慢，总和自己保持着一定的距离，既不会太近，又不会太远。蹄声嘚嘚，紧随而来。如愿入手了上等菊苗的才之助，此刻高兴得忘乎所以，哪里还顾得上身后的马蹄声啊！

可奇怪的是，过了小田原城二三里后，马蹄声依旧以一定的距离不依不饶地紧随而来，“嘚嘚，嘚嘚”。

才之助这才感觉到不对劲，他转身一看，距他不足十间[2]的地方，一位俊朗少年正骑着一匹骨瘦如柴的老马徐徐而行。

少年看到才之助后，露出了一丝笑意。才之助觉得佯装没看见也不大好，于是便停下脚步，对少年报以微笑。

少年靠近才之助后，下了马。

“天气真好啊！”少年说道。

“是啊，天气真好！”才之助附和道。

说话间，少年牵着马往前走。才之助和少年并肩走着，仔细端详着这位少年。少年风度翩翩，并不像是武家出身，衣着穿戴也干净、整洁，言谈举止落落大方。

---

① 小田原城：位于日本神奈川县的小田原市城内，是一个具有悠久历史和传统文化的古城小镇。
② 间：日本自古以来使用的长度单位，1 间≈ 1.82 米。

“你这是要去江户吗？”初次见面的少年像是老朋友一样向才之助搭话道。

这种态度让才之助紧绷的神经放松下来：“是的，我要回江户。”

“你是江户人士啊。那你从哪儿回来呀？”

两人的对话自然绕不开旅途的话题。就这样你问我答，一来二去之间，才之助便将此次出行的目的告诉了少年。

少年一听，顿时两眼放光：“原来你喜欢菊花啊，这事儿巧了。说到种植菊花，我也有一些心得。其实，比起菊苗的好坏，种植方法更重要。”

少年浅谈了一些自己的独门栽种法。

爱菊成痴的才之助听了，马上就产生了兴趣：“是这样吗？我倒是觉得养菊就得挑上等的菊苗才行。就比如，那个……”

才之助满腹的博识终于得以施展。

少年并没有从明面上提出异议，只是不时地抛出一些简单的问题，谈话间足以看出他对养菊花有着丰富的经验。

才之助感到心烦意乱，越说越没自信，说到最后，竟带着一丝哭腔：“算了，我什么也不说了。纸上谈兵什么的，真是荒谬可笑。为今之计，只有让你看看我亲手栽种的菊花了。”

“说的也是。”少年神色淡定地点了点头。

才之助心急火燎，心想：“无论如何也得让这个少年瞧一眼自家院子里的菊花，让他心服口服才行。”为此，他躁动不已。

“你意下如何？”失去理智的才之助什么都不管不顾了，“你现在就跟我回我江户的家，好吗？我就想让你看看我的菊花，看一眼就好。拜托了。”

少年笑着说：“我们可没那个闲工夫，我还得到江户寻一份糊口的活计呢。”

“那不算什么难事，”才之助已成骑虎之势，“你先到我家来好生歇息，之后再找也不迟。总之，你一定得来看看我家的菊花。”

“这可不好办。”少年顿时笑意全无，板着一张脸，陷入了沉思。

两人默不作声地走了一段路后，少年忽地抬起头说：“其实，我是沼津人。我叫陶本三郎，自幼父母双亡，与姐姐相依为命。前些日子，姐姐突然说她在沼津待腻了，非要搬到江户去，我们这才收拾行囊踏上了旅途。现在正在前往江户的途中，可就算到了江户，我们也是无依无靠的。想想，这一路真是令人不安啊！所以，我本没有闲情逸致跟你聊菊花的，只不过因为我不讨厌菊花，这才不自觉地多说了两句。这事儿就到此为止吧，也请你忘了这件事，咱们就此别过。我现在哪有那份闲心去赏菊啊。”

少年语气略显落寞，向才之助点头致意后，转身便要上马。才之助见状，紧紧抓住了少年的衣袖。

“少安毋（wú）躁。既是如此，你就更应该到我家来。别愁眉不展的了，我虽然穷得叮当响，可照顾你们还是没问题的。好了，别再烦恼了，就交给我吧。你说你姐姐也跟你在一起，她在哪儿啊？”

才之助极目眺望，这才发现那匹瘦马身后，有一个身着红色旅行装束的姑娘。顿时，才之助一张脸涨得通红。

盛情难却之下，姐弟俩决定暂时借住在才之助家。来到才之助家后，他们才发现才之助家比他本人形容的还要穷。姐弟俩不由得面面相觑（qù），连连叹气。才之助却一脸满不在乎。这不，还没解下行囊呢，他就急着带姐弟俩去参观自己的菊花田，并向他们夸耀了一番。之后，还将菊花田里的一间杂屋安排给姐弟俩当作眼下的住处。才之助平日起居的主屋脏兮兮的，连个下脚的地方都没有。相较之下，这间杂屋倒更适合居住。

“姐姐，这下可难办了，咱们这是寄住到不得了的人家了。”杂屋里，陶本家的弟弟一边卸下行囊，一边小声地对姐姐嘟哝道。

“是啊。”姐姐微笑着说，“不过，日子悠闲点，反倒落得轻松。我看这里的院子挺大的，以后你就多种点上等的菊花，就当是报答他了。”

“哎哟喂，我的姐姐啊，你还打算在这里长住吗？”

“是啊，我喜欢这里！”说着她的脸唰地就红了。姐姐二十岁左右，肤色雪白，亭亭玉立。

隔天一早，才之助和陶本家的弟弟已经吵开了。

原来是姐弟俩轮流骑到这里的那匹老瘦马不见了。昨晚明明还拴在菊花

田的角落里，可今天一早，才之助起床后，到花田查看菊花的情况时，却发现马不见了。而且，那匹马似乎在田里横冲乱撞了一通，只见菊花被啃得七零八落，整片花田遭受重创，惨不忍睹。才之助吓得脸色都变了，赶忙去敲杂屋的门。

弟弟马上就出来应门了："怎么了？有什么事吗？"

"你瞧瞧，你们那匹瘦马把我好好的花田折腾得乱七八糟的，我现在想死的心都有了。"

"原来如此，"少年一脸平静之色，"马怎么样了？"

"谁还管那匹马啊！肯定是逃之夭夭了。"

"那太可惜了。"

"瞧你这话说的，不就是匹骨瘦如柴的老马吗？"

"你这话说得太过分了！它可是一匹很有灵性的马，我得赶紧去寻它。就你这菊花田，我才不在乎呢。"

"你说什么？"才之助脸色铁青地大叫，"你是在侮辱我的菊花田吗？"

这时，姐姐从杂屋里走了出来，脸上挂着淡淡的微笑。

"三郎，快道歉。那匹瘦马不足为惜，是我把它放跑的。现在要紧的是，你赶紧帮人家修整一下这片被糟蹋了的菊花田，这不正是我们报恩的好机会吗？"

"什么呀！"三郎深深地叹了口气，小声嘟囔道，"原来你早有打算啊！"

弟弟不情不愿地着手打理起菊花田。那些被啃掉叶子、弄折在地，眼看就快枯萎的菊花，经过三郎的重新种植，陡然又恢复了生机。只见花茎饱含水分，生机盎然；柔而不弱的花蕾，随着枯叶恢复了脉动，纷纷伸展开来。

才之助见了，不禁暗自咂舌。可他好歹是个有抱负的养菊志士，是有自尊心的。于是，他把和式棉袍的领子合拢起来，冷冷地说道："你得把这个烂摊子给我收拾好了。"

说罢，他便回到主屋，盖上被子躺下了。可转眼工夫，他便起身，透过木格窗的缝隙悄悄地向田里窥探，只见一大片菊花凛凛然傲立于田间，它们果真都活过来了。

当天夜里，陶本三郎笑呵呵地来到主屋。

"今天早上的事真是抱歉。对了，有件事儿。我和家姐商量了一下，依我们看，你的生活似乎过得并不轻松。如果你借我半块菊花田，我就给你种上等的菊花，到时候你拿到浅草寺[①]附近去卖，你意下如何？我想为你种一款极品菊。"

今早才之助养菊的自尊心严重受挫，这会儿正快快不乐呢。

"请恕我拒绝。你这人真够卑劣的，"才之助逮住机会，嘴角一撇，表

① 浅草寺：日本浅草寺，是民众们都喜欢去游玩的地方。

示不屑，“我还以为你是位风雅之士呢。可我万万没想到，你竟然要用自己心爱的菊花换取柴米油盐，真是岂有此理！你这样分明就是在侮辱菊花！利用自己的高雅爱好换取钱财，这是多么卑劣的事情啊！”才之助俨然一副武士般义正词严的口吻。

三郎听了，也一副气不打一处来的模样，连语调都变了：“我认为靠上天赐予自己的实力换得柴米油盐，并不是贪图财富的恶行。认为这种行为很庸俗而对其嗤之以鼻，实在是大错特错，那完全是纨绔（wánkù）子弟的一套说辞。真是自以为是！人自然是不能见钱眼开的，可过分做出清高的姿态，也叫人看不顺眼呢。”

“我什么时候做出清高的姿态了？我多少有一些祖上留下来的遗产，够我一个人生活了。我不奢求拥有更多的财富，请不要多管闲事！”

结果，两人的对话又演变成了脸红脖子粗的争论。

“你这叫故作清高！”

“你说我清高也好，说我是纨绔子弟也罢，我都无所谓。我只是想和我的菊花甘苦与共地生活下去罢了。”

“我知道了，”三郎苦笑着点了点头，“对了，还有一件事。那间杂屋后面有一块十坪[1]左右的空地，可以暂时借给我们吗？只需要那块地就够了。”

---

① 坪：日本面积单位，1 坪≈ 3.3 平方米。

“我不是个小气的人。光靠杂屋后面那块空地不够吧？我的菊花田还有半块地什么都没种，那一半也借给你吧。你们可以随便用。但我丑话说在前面，想种菊花卖钱的人纯属居心不良，恕我不愿与之为伍。所以，从今天起，我们就当不认识彼此吧。”

这番话令三郎哑口无言。

“我知道了。那就恭敬不如从命了，我就向你借半块菊花田来用。另外，那间杂屋后头有很多被遗弃的菊苗，那些我也拿来用了。”

“这些芝麻大的小事，不用一一向我过问。”

就这样，两人不欢而散。次日，才之助麻利地将田地一分为二，并在两块田的边界处筑起了一道高高的篱笆墙，好让双方看不见彼此。

两家关系就此决裂。

不久，秋意渐浓，才之助的花田里开出了明艳的菊花。可他总是对隔壁田里的动静耿耿于怀。一天，他偷偷地往那边的田里窥视了一番，结果大吃一惊。那片田里开满了他从未见过的硕大菊花。那间杂屋也被打理得干干净净，看着很是舒适整洁。此刻，他的内心波澜万丈。论菊花的种植，显然是才之助输了，不仅如此，对方还盖了一间极为雅致的房子。肯定是卖了菊

花，赚了不少钱。真不像话！气愤、嫉妒，一股股复杂的情感在他心里交织、翻腾着，他实在不堪忍受，心想：“得给他们点颜色瞧瞧！”

于是，才之助越过篱笆墙，闯进了隔壁的院子。映入眼帘的菊花，真是美不胜收。厚实饱满的花瓣，尽情地伸展开来；颤颤悠悠的花朵，肆意绽放着生命的绚丽。再仔细一看，他发现那些都是当初丢在杂屋后头的零散苗子开出来的花。

“啊呀！”他被惊得直哼哼。

“欢迎，恭候多时了。”

这时，才之助背后传来一道打招呼声，让他听了心里直发慌。他回头一看，陶本家的弟弟正笑嘻嘻地站在那儿。

“我输了！”才之助大声说道，话语间满是沮丧之意，“我是个爽快人，输了，就会干脆地认输。请收我为徒，过去的种种就……”

说着，他有种如释重负的感觉：“就让它随风而去吧。不过……”

“那你今后可别有怨言。我没你那股清高的劲儿。正如你所料，我在做菊花的买卖。但是，请不要因此轻视我们。姐姐也总是对这件事情耿耿于怀。我们在很努力地在生活。我们不像你，有祖上留下来的遗产，不卖菊花的话，我们只能饿死街头，还请你睁一只眼闭一只眼。趁着这个机会，我们重归于好吧。请多多关照。”见三郎一副低头垂目的样子，才之助也生了恻隐之心。

“不，不，瞧你这话说的，我实在不敢当。我并不是讨厌你们姐弟。再说了，今后我还想拜你为师，向你请教很多养菊方面的知识呢。应该是我要请你多多关照才对。”才之助语气诚恳，并向三郎躬身行礼。

双方姑且达成了和解，横亘（gèn）田间的篱笆墙也被拆除了。

然而，虽然两家恢复了往来，可二人之间的争吵闹剧还是会时不时地上演。

“你的养菊方法好像对我留了一手。”

“没有那种事！能说的我全都说了，剩下的就靠你自己去领悟了。这对我来说是下意识的手法，我也不知该如何言传才好，或许这就是所谓的天赋。”

“这么说来，你是天才，我是蠢材了？我就是扶不上墙的烂泥，怎么教都学不会，对吧？”

“你这么说让我情何以堪？我可是豁出了性命在种植菊花。不把它们养得漂漂亮亮的，再卖出去，我们姐弟就没饭吃。我是抱着这种破釜沉舟的心态在养菊，所以花朵才会开得又大又饱满。而像你这种出于兴趣而养菊的人，只是为了满足自己的好奇心和自负心理罢了。”

“是吗？你这是要我也去兜售菊花吗？你劝我干那么鄙俗的事，不觉得丢人吗？”

“不，我不是那个意思，你为什么要曲解我的意思呢？”

这两人就没有一会儿消停。

陶本家日渐富庶（shù）起来。

隔年正月，在完全没有问过才之助意见的情况下，三郎叫来木匠，猝不及防地修建起一座豪华宅邸（dǐ）。宅邸的一端和才之助的茅屋几乎紧紧地挨在一起。这让才之助又动起了和邻居绝交的念头。

一天，三郎一脸严肃地来找才之助。

“请和我姐姐结婚。”三郎用一副被逼急了的口吻说道。

才之助的脸唰的一下就红了。自从初次见面瞥了他姐姐一眼，才之助就对她那温柔清纯的模样念念不忘。可男人的意气用事让两人又陷入了莫名的争端。

“我没钱下聘（pìn）礼，没资格娶妻。你们现在可是有钱的大户人家了。”才之助话里带刺地说道。

“不，所有东西都是你的，姐姐从一开始就是这么打算的。聘礼什么的也不需要，你直接来我家就好了。我姐姐对你很是敬慕呢。”

才之助试图掩饰自己内心的喜悦。

“不，那种事无关紧要，我有自己的家。让我做上门女婿，恕难从命。实话跟你说，我并不讨厌你姐姐。哈哈哈哈。”他故作豪爽地笑着，“只是吧，让男方嫁到女方家里这种事，是我所不能忍受的。请恕我拒绝。回去告诉你姐姐，如果她不介意过清贫日子，这里欢迎她。”

就这样，两人不欢而散。

然而，当天夜里，一只柔软的白蝴蝶随风潜入了才之助肮脏的卧房里。

“我并不介意过清贫的日子。”蝴蝶说着，便呵呵地笑了起来。蝴蝶化作了一位姑娘，姑娘名叫黄英。

两人在茅屋里住了一段时间。但不久，黄英就在茅屋的墙上打了个洞，同时在紧贴着茅屋的陶本家墙上也打了个洞，如此便可以在两家之间自由

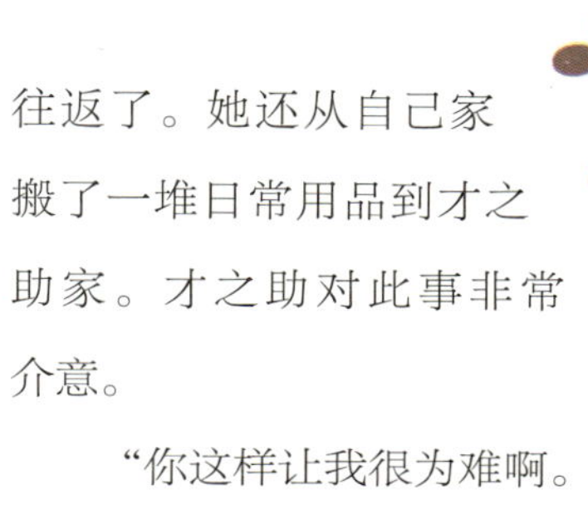

往返了。她还从自己家搬了一堆日常用品到才之助家。才之助对此事非常介意。

“你这样让我很为难啊。这个火盆也好，那个花瓶也罢，哪一样不是你们家的东西？丈夫用妻子从娘家带来的东西，是很丢脸的事。你别再拿这些东西过来了。”

尽管他对黄英大加斥责，可黄英却笑而不语，还是时常会搬东西过来。为此，以清廉之士自居的才之助记了笔冗长的流水账，上面写到“左边所列之物为暂时寄存品”，他逐一记下了黄英搬过来的每一件东西。可如今，身边的东西无一不是黄英拿来的，要一一记下的话，怕是几个账本都写不下。才之助绝望了。

“拜你所赐，我终于成了吃软饭的丈夫。家里靠妻子富起来，这是身为男人最大的耻辱。我三十年的清贫日子，也被你们搞得一团糟。”一天夜里，才之助怨念颇深地大倒苦水。

黄英听了，脸上流露出一丝落寞：“也许是我错了，我只是为了报答你的好意，才这样费尽苦心。我没想到你的清贫之志竟如此坚定。那好，这屋子里的东西也好，我们刚盖好的房子也罢，全都卖掉吧。卖的钱，你想如何处置都可以。”

“说什么傻话，我是那种会收不净之财的人吗？”

“那该怎么办呢？”黄英带着哭腔说道，“三郎也是为了报答你，才每天劳心费力地种植菊花，不知疲倦地把菊花分送各家各户赚取银两。到底要怎么做才好呢？你和我们的想法真是天差地别。”

“道不同不相为谋，”才之助说着说着，语气不禁变得强硬起来，甚至还口吐违心之言，“清者自清，浊者自浊。你走你的阳关道，我过我的独木桥，只能如此。我没有权利对别人指手画脚，既然这样，我还是离开这个家吧。从明天起，我会在院子的角落里搭一间小屋，在那儿享受我的清贫日子。”

事情竟如此荒诞收场。可是，君子一言，驷（sì）马难追。

隔天一早，才之助立马在院子的角落里搭了间一坪左右的小屋，之后便整日闷坐在屋里，一边冷得瑟瑟发抖，一边正襟端坐。

在那里过了两个晚上的清贫日子后，他终究是挨不住冻，第三天晚上便轻轻地敲响了主屋的格木窗。只见窗户开了一条小缝，露出了黄英白皙的笑脸："看来你清贫的决心还不够啊。"

才之助感到很羞愧。

从那之后，他再也不冥顽不灵了。

墨堤旁的樱花开始绽放枝头时，陶本家的宅邸全面竣工了，他家现在和才之助家紧紧挨在一起，难分你我。

如今，才之助也不再过问这些事情了，家中大小事务全部交给黄英和三郎处理，自己只顾着和邻居下棋。

一天，他们一家三口到墨堤赏樱花。他们选了一个野餐的好地方，随后打开了多层方木饭盒，野餐起来。

才之助高兴地喝起了自带的酒，并劝说三郎同他一起饮酒。但姐姐却在这时瞥了三郎一眼，用眼神告诫三郎不能喝酒。不过三郎却是一副满不在乎的模样，自然地接过了酒杯。

"姐姐，这酒我喝了也无妨。家里已经攒了很多钱，就算我不在了，姐姐和姐夫也能一辈子衣食无忧地生活。这菊花嘛，我算是种够了。"三郎说了些奇奇怪怪的话，之后又喝了许多酒，不一会儿，他便瘫倒在地，醉得不省人事。

下一秒，三郎的身体开始慢慢消失，最后竟化作了一缕青烟，草地上只剩下了一身和服和一双草鞋。

才之助一脸诧异地抱起三郎的衣物，只见衣服下方的草地里，长着一株水汪汪的菊苗。

他这才恍然大悟：原来陶本姐弟并非人类！可今时今日，才之助已拜倒在姐弟俩的才华和真心之下，自然不会对他们生出厌恶之情，对痛失手足的菊花精黄英，他也是越发地喜欢。

由三郎所化成的那株菊苗被才之助移植到了院子里。入秋之后，菊苗开出了花。那花泛着淡淡的红色，走近一闻，还能闻到幽幽的酒香。

至于黄英，她的模样自始至终都没有改变。